AF289722

Silke Wojtowitz

Myrie

Wo die Vergangenheit schläft

Roman

Impressum
Herstellung und Verlag:
BoD – Books on Demand, Norderstedt
ISBN 9783753446059
Germany (EU) 1.Auflage   10,99 Euro
http://www.bod.de
Herausgeberin: Silke Wojtowitz
Copyright © (2021) Silke Wojtowitz
Alle Rechte liegen bei der Autorin
www.siltowi.de
Gestaltung des Covers:
Silke Wojtowitz, Adrian Wojtowitz

Widmung

Für alle Menschen, die sich einsam fühlen

und dringend Liebe benötigen.

Für alle Menschen,

die mir am Herzen liegen.

Für die Liebe

und Gerechtigkeit dieser Welt,

insbesondere aber für Erika.

Myrie

Gleich eines Aals schlängelte sie sich durch die Menge. In der Hoffnung nicht aufzufallen, zog sie das Gewand enger um den Körper und versank unter der weiten Kapuze. Ein Wink des Zufalls, dass es im Vorraum der gotischen Kirche so herrenlos an einem Haken der Garderobe hing. Ein schneller Griff und hineinschlüpfen war eins gewesen. Die alte dünne Kleidung, deren alleinige Aufgabe es zuvor gewesen war, ihren Körper ein wenig zu wärmen, war wie im Nichts unter der Kutte aus Wolle verschwunden. Der Stoff bedeckte sogar die nackten halb erfrorenen Füße, die sie, fast taub vor Kälte, Schritt für Schritt näher über den polierten Steinfußboden durch das kerzenüberflutete Kirchenschiff trugen.

Überwältigend warm leuchteten die Jahreskerzen von den Seitenemporen.

Einladender Glanz streckte seine Strahlen den Eintretenden entgegen, trotz des weitläufigen Raumes des Gotteshauses.

Myrie holte tief Atem, sog die mollig schmeichelnde Luft ein, die ihr entgegenschlug und schloss für einen Moment die Augen. Wärme, endlich etwas Erwärmung. Dennoch drückte sie sich gleich neben dem Eingang an die Wand. Sie zog die kühlen schmerzenden Hände aus den Ärmeltrichtern des Wollstoffes heraus, rieb sie heftig gegeneinander und ließ den Blick streifen. Die Überraschung überwältigte sie im selben Moment.

Zuerst wusste sie gar nicht, was sie hatte stutzen lassen, doch nur Sekunden später erkannte sie das Außergewöhnliche an der Szene, die sich vor ihr auftat wie eine bunte, sich gerade öffnende Blume.

Andächtig gebeugte Rücken, sanftes Geflüster, kniende Leiber, allesamt in wollbeige Kutten gehüllt wie auch sie eine trug. Das Erstaunlichste am Ganzen drang jedoch nur allmählich in ihren Geist. Es dauerte eine Weile, bis sie mit der Botschaft ihrer Augen etwas anfangen konnte. Die Gläubigen saßen nämlich allesamt auf dem glänzend gebohnerten Holzfußboden auf roten Kissen, ja, knieten mehr oder weniger in Gruppen zusammen und unterhielten sich miteinander oder lachten gedämpft. Eine lockere Gesellschaft, fast wie in einer riesigen Turnhalle, wäre nicht das sanfte heimelige Licht der Kerzen und die hoch aufragenden gotischen Mosaikfenster gewesen.

Und doch erwartete sie fast den Klang einer Trillerpfeife zum Rapport und das plötzliche Aufflammen irgendwelcher Neonleuchten an der Decke. Ihr Blick wanderte verwundert durch den Saal.

Trotz des fehlenden Mobiliars zeugte Einiges wie zum Beispiel die hohen Säulen sowie die mit heiligen Motiven der in weißen Stein gehauenen Fresken, dicht hinter dem mit einer weißen Decke bedecktem Altar, von dem eigentlichen Zweck des Gebäudes. Der Schein der Altarkerzen brach sich im Gold des kupfernen Jesuskreuzes inmitten kunstvoll gebundener Blumengestecke. Bei diesem wundervollen Anblick schlugen Herz und Gefühle höher. Aber auch das schlechte Gewissen wegen ihres Diebstahls meldete sich spontan.

‚Vergib mir, Vater, dass ich gestohlen habe‘, betete sie still. ‚Ich danke dir, dass du mir den Weg zu diesem himmlischen Ort gezeigt hast. Lass es bitte lange dauern, bis der Gottesdienst beendet ist. Vielleicht mindestens so lange, bis ich mich ein wenig aufgewärmt habe.‘

Myrie überlegte, wohin sie sich wenden sollte. Zu wem sollte sie sich setzen? Sie erkannte, dass die verschiedenen Gruppen sich an den Händen gefasst hatten und jeweils in einem Halbkreis um einen Wortführer am Boden saßen und sich gedämpft unterhielten. Die Klänge der Orgel erfüllten bereits leise das Kirchenschiff. Sie musste sich entscheiden.

Unsicher schritt sie zur linken Seite des Altars. Sie kauerte sich dicht an einer getünchten Steinmauer am Boden nieder. Dort saßen einige jüngere Besucher, die nicht wie eine formierte Einheit wirkten und in gespannter Erwartung zum Eingangsportal spähten.

Offensichtlich gab es hier noch keinen Redner. Vielleicht waren es Konfirmanden.

Erleichtert hüllte sie ihre Füße in das wärmende Wollgewebe und lehnte sich gegen den weißen Mörtel, so dass sie freie Sicht zum Portal bekam.

Neben ihr rutschte ein circa zwölfjähriger Junge unruhig am Boden hin und her. Ein kurzes scheues Blinzeln, ein wortloser Gruß.

Myrie lächelte zaghaft zurück und lockerte ein wenig ihre Kopfbedeckung. In diesem Augenblick ging neben dem Jungen ein Hüne von einem Mann auf die Knie und strich dem Burschen flüchtig über den stoppeligen blonden Schopf. Sein Blick blieb für eine Sekunde fragend auf Myries Gesicht haften, doch dann wurde er abgelenkt, da der Pastor den Altarraum betrat.

Der Geistliche richtete seine imposante Gestalt zuerst zum Altar und sprach mit gesenktem Haupt ein wortloses kurzes Gebet zum Kreuz. Erst danach wandte er sich feierlich der Gemeinde zu und sah munter in die riesige Runde.

Myrie ahnte an dem begeisterten Lächeln in seinen Augen, dass er hocherfreut war über die vielen Menschen in der Kirche. Sie schätzte ihn auf Mitte vierzig, in dem dunklen kurzgeschorenen Haar glitzerten bereits einzelne Silberstreifen.

Als er den Körper straffte, um zur Andacht anzusetzen, strahlte er Dynamik und Energie aus, als wäre er an einen Generator angeschlossen.

Jedes Wort entsprang seinem Mund wie ein explodierender Springbrunnen und füllte ihr Herz mit Zuversicht und innerer Ruhe. Myrie merkte nicht, wie sich eine Träne der Rührung den Weg über ihre Wange bahnte, so gebannt lauschte sie dem ungewöhnlichen und eindringlichen Gebet.

Eine warme Hand schob sich sacht in ihre linke Handfläche. Sie zuckte erschrocken zusammen. Verlegen nahm sie das kurze Augenzwinkern des großen Mannes wahr, der sich zwischen den Jungen und sie gesetzt hatte. Er lauschte, sie beide an den Händen fassend, aufmerksam den Worten des Pastors, der soeben die Nummern und Titel der Lieder bekannt gab, welche im Anschluss gesungen werden sollten. So saß sie mit einigen anderen im Halbkreis und fühlte sich aufgenommen in die Gemeinschaft, verbunden durch die Wärme der Hand, die sie hielt. Soviel

Glückseligkeit war ihr seit langem nicht mehr beschert worden.

Myrie versuchte jedes der Lieder aus dem Gesangbuch mitzusingen, obwohl sie die meisten nicht kannte. Doch der Rhythmus der Orgel trug sie durch die Zeilen des Gesanges. Ihr Herz quoll über vor Freude und Dankbarkeit.

Warum hatte sie sich nicht schon früher getraut eine Kirche zu besuchen? War es die Angst gewesen oder Scham, weil sie ihren Glauben für sehr lange Zeit vernachlässigt hatte? Sie wusste es nicht.

Die Zeit verging wie im Fluge. Plötzlich standen mehrere Kinder auf und verteilten an die Anwesenden kleine rote Kerzen. Jede wurde zuvor am Altarlicht entflammt.

Glücklich umklammerte Myrie die ihrige, als sie aufstand. Noch verließ niemand den Raum, deshalb blieb sie ebenfalls wartend stehen.

„Darf ich fragen, zu welcher Bezirksgruppe Sie gehören?"

Der Bass in der Stimme neben ihr, ließ sie zusammenfahren. Fast ruckartig wandte sie den Kopf zur Linken und sah in die hellbraunen Augen des kräftigen Mannes an ihrer Seite. Sie hatte ihn in ihrer Verzückung ganz vergessen.

Ein verlegendes Räuspern ihrerseits. Was antworte ich nur? Welcher Bezirk? Was für ein Bezirk? Stadtbezirk? Landbezirk? Ihr

Gehirn ratterte auf Hochtouren. Kannte er alle hier? Nein, das konnte nicht sein.

‚Am besten ist, ich nehme einen Bezirk, weit weg von hier‘, überlegte sie. Er sah sie immer noch unverwandt an.

„Ich ...“, das Sprechen fiel ihr schwer. Der Hals war wie geschnürt. ‚Reiß dich zusammen!‘, schalt sie sich. Sie überlegte krampfhaft, was sie antworten könnte.

„Ich komme aus Bokham“, erwiderte sie dann leise.

„Aus Bokham?“ Er lächelte immer noch freundlich, aber auch interessiert. Konnte dieser Mann eigentlich nichts anderes als lächeln?

„Warum haben Sie sich denn nicht zu der Gemeindegruppe aus Bokham gesetzt?“, fragte er freundlich. „Frau Tanner befindet sich doch mit ihren Mitgliedern dort drüben. Haben Sie ihre Leute denn nicht entdeckt?“ Er zeigte auf mehrere Frauen, die sich angeregt mit dem Pastor vor einer der Säulen unterhielten. „Kommen Sie, ich bringe Sie zu ihnen!“

Überrascht starrte sie ihn an. Bokham lag mindestens fünfzig Kilometer von hier entfernt. Ihr wäre nicht im Traum eingefallen, dass Menschen aus dem dortigen Bereich ausgerechnet die Kirche in Hejdekov besuchen würden. Ehe sie etwas unternehmen konnte, hatte er schon ihren

Arm genommen und führte sie in Richtung Verdammnis.

In Myries Magen begann es zu brennen und das nicht nur wegen des Hungers, schließlich hatte sie zuletzt am vergangenen frühen Abend in der Bahnhofsmission von Lemmling eine Suppe zu sich genommen, also vierundzwanzig Stunden weiter nichts. Aber jetzt ging es ihr vor allem schlecht wegen des Schocks über die Erkenntnis, dass ihre Lüge entlarvt werden würde.

Wie sollte sie sich aus der Affäre ziehen? Diese Frau Tanner konnte sie ja gar nicht kennen. Myrie kam weder aus dem Ort Bokham noch aus der näheren Umgebung.

Ihr wurde richtiggehend schlecht. Sie biss sich auf die Lippen, um die Fassung zu bewahren und verfluchte insgeheim die übertriebene Hilfsbereitschaft des Herrn an ihrer Seite. Mit wenigen Schritten durchmaßen sie den Raum bis zur Gruppe.

„Frau Tanner, hier bringe ich Ihnen ein verlorenes Schäfchen aus ihrem Bezirk. Die junge Dame hat Sie in der Menge anscheinend nicht gefunden. Sie befand sich während des Gottesdienstes bei mir."

Seine dunkle Stimme ließ jeden zu ihnen hin blicken.

„Oh, mein lieber Herr Vikar, wie schön, Sie wiederzusehen! Wir haben uns ja lange nicht mehr getroffen!" Eine kleine schlanke

Frau streckte ihm fast übereifrig die Hand entgegen, während eine leichte Röte an ihren Wangen empor kroch. Sie mochte wohl gerade die Dreißig überschritten haben. Etwas keck schüttelte sie das halblange kastanienbraune Haar nach hinten und strahlte ihn an. ‚Er ist also der Vikar‘, stellte Myrie ernüchtert fest.

‚Natürlich, diese Herzlichkeit konnte passenderweise nur von einem Geistlichen kommen. Welcher gutaussehende Mann würde mich schon ohne weiteres ansprechen?‘

Über das Gesicht des Pastors huschte bei den Worten von Frau Tanner ein leichtes Schmunzeln. Sein Gespräch war durch das Auftauchen des Vikars abrupt unterbrochen worden.

So ganz aus der Nähe wirkte der Pastor noch beeindruckender als vorne am Altar.
Der weiße Talar fiel in weiten Falten zu Boden, wodurch er fast doppelt so breit wirkte. Er musterte Myrie aufmerksam von oben bis unten, als wüsste er genau, dass sie nicht in diese Gesellschaft gehörte. Sie konnte dem Blick nicht standhalten und senkte verlegen die Lider.

Zwischenzeitlich war sich Frau Tanner offensichtlich wieder der ihr zugedachten Stellung in der Nachbargemeinde bewusst geworden. Neugierig sah auch sie Myrie an. „Kennen wir uns? Ich kann mich nicht erinnern, Sie schon einmal in unseren Gemeindeversammlungen oder im Gottesdienst gesehen zu haben."

„Ich bin erst zugezogen", brachte Myrie automatisch hervor.

„Ach so, seit wann denn, meine Liebe?"

„Na ja, eigentlich noch nicht so richtig. Ich muss die Wohnung erst noch renovieren und so weiter. Ich hörte aber ... von dieser Veranstaltung und, na ja, ich wollte ganz gern dabei sein."

‚Hör auf, hör auf', mahnte ihre innere Stimme. ‚Du kannst doch nicht diese gutgläubigen Leute anlügen.'

Sie schluckte, da die anderen sie nur schweigend betrachteten. ‚Sie wissen, dass ich nicht die Wahrheit sage. Ich muss weg!' Doch das Kirchenschiff war immer noch voll von plaudernden Menschen. Sie wäre nicht ohne weiteres und schon gar nicht unauffällig durch die Menge gekommen. Nervös umklammerte sie das Kerzenlicht und knabberte an der Oberlippe.

„Sehr lobenswert, wirklich, das war eine schöne Idee von Ihnen, spontan an der Andacht teilzunehmen. Einfach toll!", begeisterte sich der Pastor in diesem Moment. Seine glasklaren Augen blitzten sie freudig an. „Davon müsste es noch wesentlich mehr Menschen geben. Einfach nur vorbeikommen! Wissen Sie, es wird nämlich immer schwerer, Leute in die Kirche zu bekommen. Da muss man sich mächtig viel ausdenken. Ich freue mich sehr, dass heute solch ein gewaltiger Andrang herrscht, trotz der Anmeldepflicht zu dieser Veranstaltung. Selten genug ist es ja, nicht wahr, Raven!"

Der Vikar an ihrer Seite nickte bedächtig. „Das ist richtig. Für diese Veranstaltung haben wir aber auch kräftig die Werbetrommel geschlagen, vergiss das nicht, Ulf."

Man spürte deutlich das, vermutlich durch gemeinsame Interessen und Ziele, freundschaftliche gewachsene Band zwischen den beiden Männern.

„Ihre Idee mit den Kutten war genial, Herr Pastor", meinte ein junger Mann, der gleichfalls mit in dieser Runde von sieben Leuten stand, deren Interesse nun erneut von Myrie zu dem Pastor wechselte.

„Danke! Eigentlich war es Ravens Einfall. Wir wollten schauen, ob es verbindet, wenn alle Besucher gleich gekleidet sind. Keine Unterschiede, ob arm oder reich. Deshalb auch die Anmeldungen. Wir mussten ja wissen, wie viele Gewänder wir benötigen. Eine Werkstatt für Arbeitslose hat sie uns genäht. Die Prämien dafür wurden vom Kirchenvorstand aus der Kirchensteuerkasse genehmigt. Ist ja für

einen guten Zweck gewesen. Und alle waren mit Eifer dabei." Er grinste.
„Und was geschieht jetzt mit den Kutten?" Diese Frage gab Frau Tanner nochmals die Gelegenheit die ungeteilte Aufmerksamkeit des Vikars auf sich zu lenken. Selig blinzelte sie ihn an.
„Oh, ich denke, wir werden so etwas wie heute sicherlich noch mehrmals ver-anstalten, meine Beste", antwortete der Vikar liebenswürdig. „Und später, man wird sehen. Es sind gute Stoffe. Vielleicht können wir sie in einige Hungergebiete geben, wenn wir sie nicht mehr brauchen."
„Wie ist eigentlich Ihr Name, junge Frau?" Pastor Ulf wandte sich wieder Myrie zu. Sich schon fast in Sicherheit wiegend, weil das Gespräch in eine andere Richtung gegangen war, fuhr sie unwillkürlich zu-sammen. Aber schnell fasste sie sich und sah ihn an.
„Myrie! Myrie van der Rieck!"
„Oh, ein origineller Name. Kommen sie aus den Niederlanden?"
Sie nickte. ‚Wenn man es so ausdrücken kann', dachte sie. „Aus der Nähe von Amsterdam!" Um es präziser zu sagen, hätte sie verraten müssen, dass man sie im Alter von wenigen Wochen und halb verhungert in einer winzigen Reisetasche mit dem Schild Myrie, an Bord einer DC 7 gefunden hatte, die sich gerade im Anflug

auf den Amsterdamer Flugplatz befunden hatte. Doch sie schwieg.

„Sie sprechen unsere Sprache aber gut", wunderte sich der Vikar.

„Mir fallen Fremdsprachen leicht. Es ist nichts Besonderes dabei."

Kein Wunder auch, schließlich war sie von einem Waisenhaus ins nächste verschoben worden. Bis zu ihrem neunten Lebensjahr in den Niederlanden, wo sie auch ihren Namen erhielt, da das Haus van Rieck-Haus hieß. Dann hatte sie für mehrere Jahre in Belgien und Frankreich in diversen Einrichtungen gelebt. Sie wusste nicht mehr, ab wann Deutschland dran gewesen war, wo sie den Großteil ihrer Teenagerzeit verbracht hatte.

‚Wie komme ich hier nur ohne Aufsehen weg?', überlegte sie. Sie fühlte sich unwohl bei dem Gedanken an weitere Fragen.

Die Rettung kam unverhofft in Gestalt einer schwergewichtigen Dame, die durch eine freiwerdende Gasse, welche sich unwillkürlich auftat, mit ausgestreckten Armen auf Pastor Ulf und Vikar Raven zukam. Der gigantische Überwurf der Kutte schwang bei jedem Schritt ausladend hin und her. Schon von weitem öffnete sie den knallrot bemalten Schmollmund im grell geschminkten, mit roten Locken um-rahmten Gesicht, um zu einem kaum zu bremsenden Redeschwall anzusetzen.

Der Vikar räusperte sich und tauschte einen panischen Blick mit dem Pastor.

„Nun ja", stieß er hastig hervor. „Ich muss noch viele weitere Leute begrüßen. Sie entschuldigen mich bitte kurz, meine Herrschaften! Frau Bedinghomer!"

Er neigte höflich den Kopf vor der ankommenden Dame und machte sich davon.

„Ach wie schade, immer ist er so in Eile, der gute Vikar", säuselte sie hinter ihm her. „Man könnte meinen, er flüchtet vor mir. Wie schade, dass er seine maskuline Statur unter diesem Gewand verbirgt." Sie kicherte geziert und blinzelte ihm nach.

Pastor Ulf gab ein unterdrücktes Hüsteln in den Ärmel des Talars von sich und räusperte sich mehrmals, bevor er das Gespräch wieder aufnahm.

Obwohl Myrie Frau Bedinghomer von Herzen dankbar war, dass diese sie aus ihrer peinlichen Lage erlöst hatte, konnte auch sie ihre zuckenden Mundwinkel kaum unter Kontrolle halten. Fast hätte sie losgelacht. Zu deutlich offenbarte sich deren Absicht, den stattlichen Vikar einzufangen. ‚Er würde ersticken bei dieser Oberweite', fuhr es ihr durch den Kopf.

Doch sogleich rief sie sich zur Ordnung. Diese Leute gingen sie nichts an. Der Pastor war vorerst beschäftigt und das war gut so. Keine weiteren Fragen an sie!

Seine drängende Neugierde hatte sie stark beunruhigt. Frau Tanner stand jedoch immer noch an ihrer Seite und könnte, ja würde sicherlich, Erkundigungen anstellen, obwohl ..., deren Augen wanderten fast zornig vom Gesicht der Frau Bedinghomer zum entschwindenden Rücken des Vikars und zurück.

Die Situation war famos. Zwei so unterschiedliche Frauen.

Der arme Vikar! Aber er hatte sich gekonnt aus der Affäre gezogen, das musste man ihm lassen. Sie wollte sich schon vorsichtig entfernen, als es Frau Tanner doch auffiel und sie sich wieder zu ihr umwandte.

„Oh Fräulein Myrie, warten Sie doch. Sobald Sie mit dem Umzug fertig sind, dürfen Sie gerne bei uns im Gemeindehaus vorbeikommen. Wir treffen uns mittwochs, um 18.oo Uhr zu einer Abendandacht. Sie wissen vermutlich, wo die Kirche ist, nicht wahr?"

Myrie nickte. Es stimmte sogar, sie kannte das Gemeindezentrum in Bokham noch vom letzten Sommer, als sie eines nachts in der Nische der großen Glastüren gecampt hatte und dabei fast vom Küster erwischt worden war.

„Na, dann wünsche ich Ihnen viel Kraft und Spaß bei ihrem Wohnungswechsel. Ist ja eine anstrengende Sache so ein Umzug! Auf Wiedersehen!“

Sie winkte mehreren Frauen zu, von denen drei sich ihr anschlossen und verließ gemeinsam mit ihnen die Kirche, jedoch nicht, ohne sich mehrmals umzudrehen und suchend nach dem Vikar Ausschau zu halten. Dummerweise stand der aber mit einem älteren Mann dicht neben dem Altar, vertieft in ein vermutlich sehr anregendes Gespräch, weit weg vom Ausgang und bekam ihre Blicke nicht mit.

Eigentlich gelüstete es Myrie nicht, ihr hinaus in die Kälte zu folgen und ebenfalls aufzubrechen. Deshalb sah sie sich nach einem ruhigen Plätzchen um. Gleich neben dem Eingang liefen mehrere Rohre unten an der Wand entlang.

Waren es Heizungsrohre? Sie versuchte unauffällig dorthin zu schlendern. Am Ende, viele Meter rechts vom Eingang entfernt, gab es vereinzelnde Nischen, in denen die Rohre durch die Wand geleitet wurden. In eine davon setzte sie sich auf den hölzernen Boden und stellte die kleine Kerze neben sich. Wärme strömte ihr von der Wand entgegen.

Myrie umschloss die Metalle mit beiden Händen, bis sie zu heiß wurden. So kauerte sie eine ganze Zeitlang. Niemand beachtete sie. Mit der Zeit verließen die Menschen das Kirchenschiff. Gerade als

Myrie ebenfalls beschlossen hatte, sich zu erheben, um aufzubrechen, vernahm sie ein dunkles überraschtes: „Oh, Sie sind noch hier?"

Sie fuhr alarmiert zusammen, raffte das Gewand und sprang auf. Dicht neben einer der gotischen Säulen stand der Vikar mit einem langen schwarzen Ledermantel über den breiten Schultern, aus dessen Revers ein buntgestreifter Schal lugte. Seine Wollkutte hatte er abgelegt. Sie versuchte, nicht zu stottern. Das Herz schlug ihr bis zum Hals. Was für ein Mann!

Er glich einem Filmschauspieler. Plötzlich konnte sie die beiden Frauen aus der Kirche verstehen.

„Ich ... ich ... wollte in diesem Moment gehen. Entschuldigung, ich ... fühlte mich so geborgen in diesen Räumen. A ... aber ich bin sofort weg!" Das Stammeln war ihr furchtbar peinlich, doch sie konnte nichts dagegen tun.

„Ach, so eilig haben wir es nun doch nicht, nicht wahr, Ulf!" Sein Schmunzeln galt vermutlich ihrer äußerst ungeschickten Wortführung. Sie errötete beschämt.

Der Pastor trug gerade einen großen Korb an ihnen vorbei. „Ziehen Sie sich erst einmal in Ruhe drüben im Seitenschiff um", meinte er freundlich zu ihr. „Dort werden Sie ja sicherlich ihre Kleidung haben. Hängen Sie die Kutte über einen der Stühle. Unser Küster räumt morgen früh den Rest weg. Wir haben Zeit. Ich muss sowieso noch einige Dinge einschließen. Kannst du mal eben die Kelche vom Altar holen, Raven?"

„Ja klar, mache ich. Was hat deine Frau denn gekocht, Ulf?", rief er noch im Umdrehen, während er zurück in das Kirchenschiff eilte.

„Warte es doch ab!" Die lachende Antwort kam dumpf aus der Sakristei. „Erst wird gearbeitet, dann wird gegessen! Außerdem werde ich Biggi ihre Überraschung doch nicht verderben."

Myrie schlich leise hinaus in den Vorraum. Sollte sie die Kutte hier lassen? Mit einiger Kraftanstrengung öffnete sie die schwere Eichentür. Ein eisiger Windzug knallte ihr entgegen und ließ sie sofort frösteln. Es schneite wieder. Augenblicklich war ihre Entscheidung gefallen. Sie würde sowieso nie wieder hierher kommen oder diesen Leuten begegnen. Sie zog die Kapuze über den Kopf. Sofort hüllte eine sanfte Wärme sie ein. Vermutlich würden sie das Gewand nicht einmal vermissen. Es mussten fast Hundert davon vorhanden sein, bei dem Andrang in der Kirche. ‚Eines mehr oder weniger würde gar nicht auffallen‘, versuchte sie sich zu beruhigen.

Dennoch schlug ihr schlechtes Gewissen Alarm, als sie in der warmen Kutte die

Stufen hinab hinaus in den Schnee huschte. Der Pastor und der Vikar waren fromme Menschen. Sie würden sehr enttäuscht auf ihren Raub reagieren, falls sie ihn entdeckten.

Aber was hätte Myrie sonst tun sollen? Ihr Leben lang hatte sie kämpfen müssen. Die beiden Geistlichen würden gleich in die warme Stube von Pastor Ulf zum Essen gehen, liebevoll zubereitet von dessen Frau, und einen gemütlichen Abend verbringen. Ihr selbst blieb draußen nur irgendeine dunkle Ecke ohne Zugluft, in der Hoffnung auf ein wenig Wärme. Nein, sie würde die Kutte behalten und damit basta!

Ohne noch einen Blick zurückzuwerfen, lief sie quer über den angrenzenden tief verschneiten Friedhof davon.

Pastor Ulf Peters zog den großen Messingschlüssel aus seinem Mantel, womit er die riesige Eichentür der Kirche abschloss.

„Ich begreife es nie, dass man kein Sicherheitsschloss einbaut", meinte Raven Sander kopfschüttelnd. „Dieses Hantieren mit einem Museumsstück von Schlüssel finde ich absolut lästig. Außerdem beult er die Taschen aus!"

Ulf Peters lachte hell auf. „Du wirst dich daran gewöhnen müssen. Dieser Schlüssel ist der Stolz aller Gemeindemitglieder von

Hejdekov. Ach, wo ist eigentlich die Kleine abgeblieben? Nicht, dass wir die junge Frau einschließen."
Raven zuckte mit den Schultern.
„Ich bin noch einmal durch alle Räume gelaufen, aber sie war wohl schon weg."
„Komisch, sie hat sich gar nicht verabschiedet", meinte der Pastor etwas enttäuscht, während sie durch das dichte Schneetreiben die breite Kirchentreppe hinabgingen.
„Ist wohl sehr schüchtern, das Mädel. Oh, es hat ja ganz schön geschneit in den letzten drei Stunden. Ich muss wohl nachher mein Auto ausbuddeln!" Raven machte eine ausladende Geste mit seinen Armen. Plötzlich hielt er mitten in der Bewegung inne. „Was ist das denn?"
„Was?" Ulf Peters versuchte durch die Flocken zu erkennen, auf was Raven zeigte.
Der Vikar war inzwischen näher an das schneebedeckte Rasenstück getreten, welches eine Abgrenzung zu den ersten Gräbern des Kirchenfriedhofes darstellte.
Jetzt erkannte auch der Pastor, worauf sein Freund aufmerksam geworden war. Quer über den Friedhof verlief eine Spur Fußabdrücke durch den tiefen Schnee. Sie musste frisch sein, den die Konturen waren sehr deutlich zu erkennen. Raven kniete

bereits daneben und zog die Konturen nach.

„Das sind keine Tierspuren. Mein Gott, hier ist jemand barfüßig durch den Schnee gelaufen. Brr, bei der Kälte!"

„Und gerade erst vor kurzem, sonst wären die Fußstapfen schon wieder zugeschneit! Vielleicht ein Kind?", ergänzte Ulf besorgt. Er ließ den Blick über das Friedhofsfeld streifen. Raven erhob sich. „Ich gehe dem mal nach!"

„Ich komme natürlich auch mit. Das Essen muss noch einen Moment warten. Der Eingang auf der anderen Seite bei der kleinen Marienkapelle ist doch zu dieser Zeit geschlossen, oder?"

„Genau, wohin der Barfußläufer auch wollte, er müsste wieder an uns vorbei, um den Friedhof zu verlassen, es sei denn, er würde über die Efeumauer klettern."

Sie folgten den Spuren. Der eisige Schnee pfiff ihnen um die Ohren und trieb Tränen in die Augen. Nach einigen Metern lag bereits eine Schneehaube auf ihrem Haar.

Die Spuren verschwammen im Schnee. Raven zog seinen bunten Schal höher um die vor Kälte erstarrten Ohren. Schließlich erreichten sie die Marienkapelle, aus welcher der Schein der immer brennenden Kerze flackerte. Der kleine Altar war zwar durch ein dünnes Gitter geschützt. Doch konnte man ohne weiteres einen halben

Meter in das zu einer Seite offene Häuschen hineingehen, um über die Stäbe hinüberzulangen und eine Kerze vor das Marienbild stellen.

Die Männer pusteten sich den Schnee aus dem Gesicht, als sie hineingingen, wo sie für einen Moment in den Windschutz gelangten. Allerdings mussten sich ihre Augen erst auf das schwache Schummerlicht einstellen. Doch dann erstarrten sie vor Überraschung.

„Das darf doch nicht wahr sein", flüsterte Raven heiser und fiel auf die Knie.

„Doch, es ist wahr!", bestätigte der Pastor, während er vor einem zusammengekauerten Bündel in die Hocke ging.

Er zog die Kapuze der Mönchskutte ein Stückchen zu Seite. Ein ockerfarbener Wuschelkopf wurde sichtbar.

„Myrie! Was machen Sie denn in dieser Kälte hier draußen? Mein Gott, Sie holen sich ja eine Lungenentzündung."

Das Mädchen antwortete nicht. Die Augen weit aufgerissen, starrte sie die Männer erschrocken und zähneklappernd an.

Vikar Raven war völlig irritiert durch diese smaragdgrünen Augensterne, auf denen winzige schwarze Punkte zu schwimmen schienen, doch sofort drehte er sich aus seinem schweren Mantel und legte ihn Myrie um die Schultern. Dann zog er sie an den Schultern hoch. Nackte rote Haut lugte unter der Kutte hervor, die halberfrorenen Füße.

„Haben Sie denn keine Schuhe?" Sie schüttelte den Kopf. Die Freunde warfen sich einen Blick zu, während sie Myrie zu zweit stützten. „Ist Ihnen etwa in der Kirche die Kleidung gestohlen worden?"

Wieder nur ein zitterndes Kopfschütteln.

„Ich verstehe das nicht", murmelte Ulf Peters beunruhigt. „Was machen wir nur mit ihr?"

„Ich bringe sie zu mir nach Hause, da kann sie sich aufwärmen. Ein warmes Bad wird Wunder wirken", meinte Raven ohne Zögern.

„Wir könnten sie auch zu mir ... !", begann sein Freund.

„Ihr habt Gäste! Ich denke, bei mir ist sie in ihrem Zustand besser aufgehoben!"

„Ich bringe dir dein Essen rüber!"

„Ach was, das ist jetzt nicht wichtig. Ich habe noch genug im Hause. Mach dir keine Gedanken. Wichtig ist jetzt erst einmal, dass *sie* ein Dach über den Kopf bekommt. Sie ist ja kaum ansprechbar!"

In der Tat bekam Myrie kaum noch mit, wie Raven sie auf seine starken Arme hob.

Der warme Mantel erdrückte sie zwar fast, doch er wärmte auch ihre müden Glieder, so dass ihr, erschöpft und unterkühlt wie sie war, die Augen zufielen und sie in einen Halbdämmerzustand fiel.

Raven

Bevor er jedoch losfahren konnte, mussten die Männer gemeinsam den alten Opel unter den Schneemassen frei schaufeln. Glücklicherweise war er nicht zugefroren und so lag Myrie schon eine Weile eingewickelt und schlafend auf dem Beifahrersitz, gewärmt von der auf Hochtouren arbeitenden Standheizung, als Raven endlich starten konnte.

Seine Wohnung befand sich am Stadtrand von Hejdekov in einer ruhigen, im Sommer zauberhaften, Grünanlage. Sie lag allerdings im dritten Stock. So war er völlig durchgeschwitzt, als er Myrie schnaufend durch die Wohnungstür trug. Behutsam legte er sie auf die Couch. Dennoch erwachte sie und wollte aufspringen.

„Bleiben Sie schön liegen. Ich lasse Ihnen jetzt Badewasser einlaufen und koche einen heißen Tee."

„Aber das Essen mit dem Herrn Pastor! Sie waren doch verabredet!", flüsterte sie benommen.

„Keine Sorge, das wird nachgeholt. Im Moment sind *Sie* wichtiger", erwiderte er aus dem Nebenraum. Sie hörte das Wasser bereits verführerisch rauschen.

Myrie war hin und her gerissen. Die Aussicht, ihre schmerzenden Knochen und Muskeln in einem heißen Bad erwärmen zu können, ließ sie jede Vorsicht vergessen, die sie sonst bei Fremden an den Tag legte. Von der Aussicht auf einem warmen Tee ganz zu schweigen. Ja, irgendwie vertraute sie dem Vikar sogar, schließlich war er ein Geistlicher. Also kuschelte sie sich noch ein wenig tiefer in den Ledermantel, wartete auf ihr Bad und versuchte die Gedanken zu ordnen.

Was für ein eigenartiger Tag! Erst ihre überstürzte Flucht aus dem Polizeirevier in Lemmling, wo sie auf die Ladefläche eines Transits gesprungen war, dessen Fahrt schließlich in Hejdekov endete.

Die hellerleuchtete Kirche, welche plötzlich ihre Zuflucht geworden war, in der sie gestohlen und gelogen hatte. Die jedoch mit netten Menschen gefüllt war, die ihr wohlgesinnt waren und die sie vor der frostigen Kälte gerettet hatten. Ihr einsames Gebet in der schneeverhangenen winzigen Marienkapelle um ein bisschen Wärme. Und nun war sie im Wohnzimmer eines energischen Vikars gelandet, der ihr kurioserweise und wie selbstverständlich ein heißes Bad bereitete.

Ihr Gebet war erhört und erfüllt worden. Sie hatte heute Abend menschliche und körperliche Wärme bekommen. Derartiges geschah normalerweise nur in Träumen und ihr schon gar nicht. Stets gab es bittere Erfahrungen bei allem, was sie anfing.

Natürlich war es dumm von ihr gewesen, die Schuhe und den Mantel auf der Revierwache zu lassen. Doch hatte sie eine andere Wahl gehabt, als dieser widerliche Polizist sie gegen die Wand drückte und seine schleimige Zunge in ihren Mund schieben wollte? Und dieses Weib von Polizistin, die eigentlich die Leibesvisite durchführen sollte, stand dabei und grinste gehässig. Was bleibt einer Frau in solch einem Moment anderes übrig, als sich auf die einzige Art zu wehren, die einen aufdringlichen Mann für kurze Zeit außer Gefecht setzt.

Myrie hatte ihm das Knie mit solcher Wucht in die Genitalien gerammt, dass er kaum noch Luft bekam, von ihr abließ und wie ein plumper Kartoffelsack zusammenbrach. Ein Kinnhaken in die überraschte Fratze der Polizistenziege und ab durch die Tür waren eins gewesen.

Über das erstaunte Gesicht des jungen Kollegen an der Rezeption der Wache musste sie immer noch lächeln. Er hatte nicht einmal die Gelegenheit gehabt hinter ihr herzurufen, da war sie schon durch die alte Holztür um die nächste Ecke verschwunden.

Dort kam ihr zufällig ganz langsam ein alter Transit entgegen. Auf den war sie aufgesprungen, ohne dass der Fahrer es bemerkte und hatte sich flach unter einer Plane versteckt.

Glück im Unglück nennt man so etwas wohl! Einen Pluspunkt gab es zusätzlich, hier zu sein. Sie war von der Straße weg.

Kein noch so schlauer Gesetzeshüter würde sie in der Wohnung eines Vikars vermuten, auch wenn jemand gesehen haben sollte, wie sie sich auf die Ladefläche des Wagens geworfen hatte. Sie saß hier warm und sicher auf einer grünen Ledercouch inmitten von Bücherregalen, Schreibtisch und Topfblumen.

In einer Ecke bollerte ein verschnörkelter kleiner Eisenofen. Das matte Flackern hinter der Schutzscheibe spiegelte sich im Glas der Mahagonivitrine wieder. Es roch nach Papier, Rasierwasser und Holzkohle. Dies alles beruhigte sie so sehr, dass sie sich um nichts in der Welt von der Stelle hätte rühren mögen.

Doch das Schönste war, dass man sie zum ersten Mal in ihrem Leben umsorgte. Sie schwor sich, jede Minute zu genießen, bevor sie wieder gezwungen war, draußen in der rauen Realität zu leben.

In diesem Augenblick kam der Vikar zurück. Er trug einen Stapel Wäsche.

„Ich habe für Sie einen Pullover, eine Jogginghose und warme Socken von mir herausgesucht. Die Kleidung ist sicherlich zu groß, aber zum Aufwärmen, denke ich, sehr nützlich. Ach ja, ein frisches Badelaken für Sie liegt im Bad! Sie dürfen jetzt hineinsteigen."

Seine Stimme klang ein wenig verlegen. Nur der Himmel wusste, ob er jemals Damenbesuch gehabt und mit Wäsche hatte ausstatten müssen.

‚Kommt vermutlich nicht allzu oft vor‘, schoss es Myrie durch den Kopf.

„Danke schön, ... und danke auch, dass Sie sich um mich kümmern. Ich weiß gar nicht, wie ich Ihnen ... !"

„Ist schon in Ordnung", winkte er schnell ab. „Wärmen Sie sich jetzt auf. Ich mache uns inzwischen einen Happen zu essen!"

„Oh Gott, das Essen! Es tut mir ja so leid, dass Sie ihre Verabredung verpassen."

„Sch … scht! Ab ins Bad und keinen Ton mehr darüber!", befahl er energisch.

Myrie kroch aus dem Mantel, raffte die Kutte zusammen und folgte ihm ins Badezimmer.

Während der nächsten halben Stunde fühlte sie sich wie eine Königin. Sie lag entspannt mit geschlossenen Augen in einer Badewanne mit messingfarbenen Armaturen und zartlila Kacheln, im nach Lavendel duftenden sich anschmeichelnden Schaum.

Ein Lautsprecher versüßte ihre Badearie mit leiser Musik und während sie sich heißes Wasser zulaufen ließ, kam endlich wieder Leben in die Glieder. Ein wahrlich schmerzhafter Prozess, als die Wärme bis ins Tiefste ihrer tiefgekühlten kribbelnden Haut drang, aber letztlich doch angenehm. Nach geraumer Zeit klopfte es leise an der Tür.

„Ist alles in Ordnung? Geht es Ihnen gut?" Die besorgte Stimme erinnerte Myrie daran, dass sie seine Gutmütigkeit und Geduld nicht überstrapazieren sollte. Er wartete sicher mit dem Tee auf sie.

„Ich bin sofort fertig!", rief sie deshalb.

„Keine Eile", kam es dunkel zurück. „Ich wollte nur wissen, ob es Ihnen gut geht."

„Danke, mir geht es ausgezeichnet. Ich bin gleich da!"

Noch während sich seine Schritte entfernten, stieg sie aus der Wanne, rubbelte ihren Körper trocken, schlüpfte in die viel zu großen, nach Waschmittel duftenden Männersachen, krempelte die Hosenbeine hoch, die Ärmel des Pullovers um und versuchte, das wirre Haar mit den Fingerspitzen zu ordnen. Leider ohne Erfolg!

Keine Bürste, kein Kamm in Sicht. Kurzerhand wickelte sie das Handtuch um das feuchte Haar und trat in dieser Aufmachung zurück in die warme gute Stube.

Er saß bereits in dem großen Ohrensessel am Wohnzimmertisch, die Teetasse in der Hand und lächelte ihr zu, als sie eintrat.

„Geht es Ihnen besser?" Seine besorgte Stimme rührte ihr Herz.

Myrie nickte, setzte sich auf die äußerste Ecke des Sofas und zog das Badetuch fester um ihren Kopf. Die belegten Brote auf dem Tisch dufteten verlockend.

Es kostete sie viel Überwindung, sich nicht auf sie zu stürzen und hinunter zu schlingen. Als hätte er es ihr angesehen, nahm er den großen Teller mit den Broten und reichte ihn ihr.

„Langen Sie zu. Ich gieße Ihnen den Tee ein!"

„Danke sehr!"

Eine ganze Weile aßen sie schweigend. Besser gesagt, Myrie gab sich alle Mühe, nicht zu schlingen, um den übermächtigen Hunger zu stillen. Der Vikar nahm nur von Zeit zu Zeit ein Stückchen. Bedächtig saß er zurückgelehnt in seinem Sessel und ließ ihr Zeit, sich zu akklimatisieren. Sie rechnete es ihm hoch an, dass er nicht versuchte, sie sofort noch beim Essen mit Fragen zu bombardieren.

Trotz allem, er beobachtete sie. Die Hände im Schoß, Fingerspitzen gegeneinander, schaute er mit seinen dunklen lang umwimperten Augen unter den vollen

Brauen von Zeit zu Zeit nachdenklich und fragend zu ihr hin.

Bisher waren Myrie die klaren asketischen Gesichtszüge entgangen, obwohl sie gewöhnlich für schöne Menschen und Dinge empfänglich war.

Nun musste sie ihn immer wieder ansehen und sich an seinem Anblick ergötzen. Ihr Blick schien ihn zum Sprechen zu ermuntern.

„Leben Sie auf der Straße?", begann er plötzlich wie aus heiterem Himmel. „Ihre Geschichte mit der Wohnung in Bokham war gelogen, nicht wahr?"

Sie nickte stumm. Man konnte ihm wohl nichts vormachen.

„Ich hatte bereits in der Kirche das Gefühl, dass Sie uns nicht die Wahrheit sagten. Sie sind obdachlos?" Seine sanfte Stimme klang freundlich, jedoch auch die Wahrheit fordernd. Es gab kein Zurück. Sie konnte ihn nicht ein zweites Mal anlügen.

„Ich habe keine feste Wohnung, das ist richtig! Und es tut mir Leid wegen meiner Lüge in Ihrem Gotteshaus. Ich befand mich in einer Zwickmühle, weil Sie mich sofort zu dieser Frau Tanner brachten", gab sie zu. „Ich suchte nur ein wenig Aufwärmung, als ich in die Kirche kam und die Kutte nahm. Sonst ziehe ich von Ort zu Ort. Manchmal bleibe ich ein Weilchen, wenn ich einen Job gefunden habe. Aber

meist versuche ich, in den Bahnhofsmissionen ein Bett für die Nacht zu
bekommen und ein Frühstück oder
Abendessen. Der Schnee hat mich heute
überrascht, sonst wäre ich irgendwo unter-
gekrochen. Ich weiß, es war falsch das
Gewand mitzunehmen. Nur, ich fror da
draußen so schrecklich, verstehen Sie? Ich
kann mich nur immer wieder bei Ihnen
entschuldigen!"
 Der Geistliche reagierte mit interessiertem
Verständnis.
„Wo ist Ihre Kleidung? Sie laufen doch
nicht durch die Welt ohne Schuhe oder
Jacke."
Sie senkte den Blick. „Ich ..., darüber kann
ich nicht sprechen. Bitte fragen Sie nicht",
flüsterte sie.
 Hinter seiner gekräuselten Stirn schienen
die Gehirnzellen auf Hochtouren zu rou-
tieren. Sie spürte es fast körperlich, wie er
überlegte. Eine ganze Weile musterte er
sie nachdenklich. Güte stand in seinen
Augen, als er erneut das Wort ergriff.
„Und sesshaft werden wäre keine Alter-
native?"
Myrie musste unwillkürlich loslachen.
„Oh Herr Vikar, in welch einer Traumwelt
leben Sie denn? Sesshaft werden! Dieser
Vorschlag bedeutet, eine Wohnung mieten,
was wiederum heißt, Miete zu bezahlen.
Das kann man nur mit dem Geld, das man

durch einen Job verdient. Aber den Job bekommt man nur, wenn man einen festen Wohnsitz hat. Und eine Wohnung bekommt man nur, sobald man ein regelmäßiges Einkommen nachweisen kann! Verstehen Sie? Es ist unmöglich für einen alleine aus der Obdachlosigkeit herauszukommen! Was ich bei meinen Kurzzeitjobs verdient habe, reichte manchmal zwar gerade aus, um ein warmes Kleidungsstück zu kaufen, meist aber nicht einmal für Schuhe, sondern eher fürs Essen. Nein, so einfach ist es nicht, ein geregeltes Leben zu führen."

Sie schüttelte mit Nachdruck den Kopf. Dabei rutschte das Handtuch herunter. Verlegen wurstelte sie das kinnlange Haar zurecht.

„Warten Sie, ich gebe Ihnen eine Bürste!" Schon sprang er auf. Aus einem Nebenzimmer brachte er Sekunden später einen Korb mit mehreren Kämmen und einer Bürste.

„Gehören meiner Mutter!", erläuterte er, als sich Myrie verwundert den rosa Griff der Bürste besah. „Sie ist für sechs Wochen bei einer Freundin in Australien."

„Ach so, Sie wohnen nicht alleine?"

„Nein, ich habe meine Mutter nach dem Tod meines Vaters zu mir geholt. Meine Eltern lebten jahrzehntelang in der Nähe von Adelaide. Doch als mein Vater starb, wollte ich sie nicht ganz alleine so weit weg von mir lassen und sie war einverstanden.“

„Es war sicherlich eine riesige Umstellung für Sie Beide, plötzlich so nah zusammen zu leben.“

Er grinste schelmisch, als wunderte sich über ihr Interesse, während sie sich wieder setzten. „Ja, das kann man wohl sagen. Zuerst flogen die Fetzen, bis sie begriff, dass ich inzwischen ein selbstständiges Leben führe und nicht mehr der kleine Junge von früher bin. Ich konnte mein Theologiestudium nämlich glücklicherweise bereits mit zwanzig Jahren in Sonderburg beginnen. Nach meiner Prüfung, vor einigen Monaten, bekam ich dann die Vikarstelle in Hejdekov. Pastor Ulf Peters hat sich sehr stark für mich eingesetzt. Wir kannten uns von verschiedenen Seminaren und haben uns auf Anhieb verstanden.“

„Ja, das spürte ich schon gleich nach der Andacht?“

„Tatsächlich?“, fragte er ungläubig.

„Ja, man merkt es sehr genau. In Ihrem Fall empfand ich ganz deutlich die tiefe geistige Verbindung zwischen Ihnen.“

Gerührt und auch etwas verblüfft sah er sie an.

„Das haben Sie aber schön gesagt. Ich werde es an Ulf weitergeben! Noch einen Tee?“

„Nein danke, ich kann beim besten Willen nichts mehr zu mir nehmen. Es war mehr als genug und sehr lecker.“
In diesem Augenblick klingelte das Telefon auf dem Schreibtisch des Vikars. Er erhob sich unverzüglich.
„Könnte meine Mutter sein“, griente er mit gehobenen Augenbrauen. „Sie ruft jeden Tag einmal an und erkundigt sich, ob es mir auch an nichts mangelt.“
„Oha, ein teures Vergnügen!“
„Mhm!“, bestätigte er nickend, während den Hörer abnahm. „Hallo, ach Ulf. Danke für die Nachfrage. Ja, klar haben wir gegessen.“
 Myrie wollte nicht neugierig erscheinen, obwohl sie ahnte, dass der Pastor wegen ihr anrief. Deshalb nahm sie die braune Decke von der Sofalehne und rollte sich darin ein wenig zusammen.
„Moment“, sagte Raven soeben. „Welche Schuhgröße haben Sie, Myrie?“
Erstaunt sah sie ihn an. „Achtunddreißig! Wieso!“
„Moment!“, flüsterte er ihr verschwörerisch zu. „Achtunddreißig, Ulf. Ja ... , prima! Super, ach, das ist ja sehr nett! Ähm, warte mal, ich gehe eben ins Schlaf-zimmer.“
Raven zwinkerte Myrie zu.
„Bin gleich wieder da ... !“

Sie nickte verständnisvoll. Er nahm das altmodische schwarze Telefon bei der Gabel, zog an der Verlängerungsschnur und verschwand damit im Nebenzimmer.

‚Wahrscheinlich gibt es Dinge, über die sie sprechen, welche nicht unbedingt für die Ohren einer Fremden bestimmt sind‘, dachte Myrie.

Sie lehnte sich entspannt zurück und schloss die Augen. Von der Müdigkeit übermannt, glitt sie fast augenblicklich in das Reich der Träume. Sie träumte von zwei riesigen liebevoll blickenden braunen Augen, die ihr aus einem asketischen Gesicht zublinzelten und zwei starken Armen, die sie hielten und an sich drückten. Eine wunderbare Wärme umschloss ihr Herz und den Körper.

Raven blickte noch einmal auf die zerbrechliche Gestalt auf seinem Sofa, die eingekuschelt in die dicke Wolldecke bereits die Augen geschlossen hatte. Dann schloss er leise die Tür zum Wohnzimmer und setzte sich auf die bunte Patchworkdecke seines Bettes.

„Sie ist obdachlos!", setzte er im gedämpften Ton das Gespräch fort. „Nein, soweit sind wir in unserem Gespräch noch nicht gekommen, Ulf. Keine Ahnung, wo sie herkommt. Sie ist auch ziemlich erschöpft. Und vor allem war sie völlig ausgehungert!"

Obwohl sein Telefonpartner ihn nicht sehen konnte, schüttelte er energisch den Kopf, während er dessen Worten lauschte.

„Nein, nein, pass auf! Warte bitte bis morgen, bevor du bei der Polizei nachfragst. Ich denke, sie ist harmlos. Und ich möchte ihr die Chance geben, mir von selbst zu erzählen, wie sie in diese Lage gekommen ist. Du kannst mir die Kleidung ja morgen früh herbringen und dann dabei bleiben, wenn ich sie frage. In Ordnung? Vielleicht können wir ihr ja etwas helfen."

„Die Leute in Hejdekov? Zum Teufel mit ihnen, falls sie tratschen!" Raven hob trotzig die Stimme, senkte sie jedoch schnell wieder, damit Myrie ihn nicht hörte. „Über mich reden sie doch sowieso, Ulf, seit ich als Vikar bei dir angefangen bin. Das ist mir völlig gleichgültig. Außerdem hat es doch kaum jemand mitgekriegt, dass ich sie mitgenommen habe. Und deine Freunde kannst du bitte freundlicherweise um Stillschweigen bitten. O.k.? Also bis dann. Grüß deine Frau von mir und einen schönen Abend noch!"

Erleichtert legte er auf. Fürs Erste war die Gefahr gebannt, dass man Myrie wieder hinaus in die Kälte jagen würde.

Sie tat ihm unsagbar leid. Wie alt mochte sie sein, vielleicht Anfang zwanzig? Sie wirkte so jung und zerbrechlich, mager und ausgezehrt. Wie lange befand sie sich schon in dieser aussichtslosen Lage? Und vor allem, wie kam sie in die Gegend von Hejdekov bis fast an die dänische Grenze, weit weg von ihrem Heimatland, den Niederlanden?

Alles unbeantwortete Fragen, die er sich für den nächsten Tag aufsparen musste. Ein unbestimmtes Gefühl sagte ihm, dass da noch eine Menge mehr sein musste, was sie bisher noch nicht erzählt hatte. Er würde behutsam vorgehen müssen, um ihre Geschichte zu erfahren. In jedem ihrer Blicke steckte ein Funken von Obacht und verstecktem Misstrauen.

Er trat zu dem schlummernden Mädchen und betrachtete sie fürsorglich. Einige Tage lang könnte er sie sicher aufpäppeln. Mutter war nicht da. Im dritten Raum der Wohnung war also zurzeit Platz.

Raven bezog eilig das Federbett. Wer wusste schon, wann sie wieder aufwachte?

Behutsam trug er Myrie hinüber ins Zimmer seiner Mutter und deckte sie vorsichtig zu. Ein kurzes Regen mit geschlossenen Augen, ein dumpfes Murmeln der weichen Lippen waren die einzige Reaktion der Schlafenden.

Auf Zehenspitzen schlich er zurück ins Wohnzimmer, ließ sich erneut im Sessel nieder und starrte in die Flammen des Kaminofens, während er über sein Findelkind nachdachte.

Die Ausfahrt

Die schneebedeckten Felder glänzten grell in der Sonne. Eiskristalle lagen darüber und kleideten die Landschaft in ein juwelenhaftes Gewand. Wo man auch hinschaute, glitzerten winzige Kristalle auf den Oberflächen und spiegelten das Blau des Himmels wieder.

Das Wasser des Sees, an dem der rote Reisebus vorbeifuhr, war mit einer dünnen Eisschicht überzogen. Noch zu dünn, um darauf Schlittschuh zu laufen, jedoch bereits so dick, dass das Entenvolk durch seine platten Füße Spuren hinterlassen hatte, die quer über die gesamte Fläche verliefen.

Harsch knirschte der Schnee unter den Reifen des mächtigen Gefährts, als es der langen schmalen Zufahrt zum Restaurant *Seeblick* folgte, welches, idyllisch auf einer Anhöhe gelegen, majestätisch über den Kurpark herrschte.

Schon mehrmals waren die Räder beim stetigen Anstieg der Straße durchgedreht. Doch jedes Mal hatte der geschickte Busfahrer sie wieder griffig gemacht.

Auf der linken Seite fiel der Abhang steil zum See hinab. Die Reisegesellschaft, bestehend aus über fünfzig Seniorinnen und Senioren, plauderte fröhlich im geheizten klimatisierten Doppeldeckerbus, voll der Vorfreude auf das bestellte Vier-Gänge-Menü im gemütlichen Kaminzimmer des renommierten Gasthofes.

Myrie saß neben einer exzentrischen Lady, die ihr unentwegt gestenreich alle ihre Krankheiten beschrieb. Sie versuchte sich in Geduld zu fassen, was ihr jedoch nicht leicht fiel.

Ihr Blick wanderte über das weiße Traumbild der Landschaft, die sie durchquerten, während im Hintergrund der Redefluss kein Ende fand.

,Welch eine Idylle, welch eine zauberhafte Naturdarstellung‘, fuhr es ihr durch den Kopf.

Doch nicht nur hier draußen am See war es so schön, auch der Ort Hejdekov imponierte ihr durch all die kleinen Fachwerkhäuser im Ortskern, rund um den gepflasterten Marktplatz, auf dem ein alter verschnörkelter Kupferbrunnen glänzte.

Manche der weißgetünchten Häuser, standen bereits über dreihundert Jahre auf demselben Platz. Ihre von der Witterung gebogenen braunen und schwarzen Holzbalken drohten zur Straße zu kippen, hielten aber dennoch stand.

Am wohlsten fühlte sich Myrie jedoch in der wunderschönen Kirche. Hier spürte sie Geborgenheit nahezu körperlich.

Von dort aus war auch der Bus zu seiner Ausfahrt gestartet. Sie war der Bitte des

Vikars gefolgt, ihn auf dieser Kaffeefahrt mit der Seniorengruppe der Gemeinde zu begleiten. Als sie zusagte, strahlte er freudig über das ganze Gesicht. Jetzt bereute sie schon fast ihre übereilte Bereitwilligkeit.

Frau Grosgrover wich seit der Abfahrt des Busses nicht mehr von ihrer Seite. Sie meinte, Myrie würde sie an ihre liebe frühverstorbene Tochter erinnern. Fortan überhäufte die fünfundsiebzigjährige alte Dame sie mit einem nicht endenden Wortschwall. Myrie dröhnten die Ohren.

Hilfesuchend blickte sie in die Richtung des Vikars. Ihre Blicke trafen sich sofort, als hätte er nur darauf gewartet.

Verstehend lächelnd, stand er von seinem Platz neben einer älteren runzeligen Dame auf, verbeugte sich entschuldigend vor ihr und kam auf Myrie zu. Er griff ihren Arm.

„Entschuldigen Sie bitte, Frau Grosgrover, ich muss ihnen Myrie kurz entführen. Wir haben noch etwas zu besprechen.‟

Er lotste sie zum schmalen Aufgang, die Treppenstufen hinauf, in den oberen Teil zu den fast leeren Sitzen. Nur auf den vordersten Bänken saßen zwei Ehepaare und stritten über die Fahrweise des Busfahrers.

„Lassen Sie uns nach hinten gehen. Dort haben wir etwas Ruhe.‟

Sanft schob er sie auf die hinterste Sitzbank und nahm neben ihr Platz.

„Puh!", seufzte Myrie. „Es ist ja nicht so, dass diese Menschen nicht nett sind. Doch ist es ganz schön anstrengend, sich den Inhalt eines Gesundheitslexikons anhören zu müssen, ohne in die Gefahr zu geraten, plötzlich all diese Krankheiten zu bekommen."

Raven lachte hell auf. Für kurze Zeit verstummten die vier Streitenden vor ihnen und wandten sich neugierig zu ihnen um. Der Vikar neigte höflich den Kopf.

„Meine Herrschaften! Eine wunderschöne Aussicht da vorne, was?"

Eifriges Nicken, zustimmendes Gemurmel und schon konzentrierten sich die beiden Paare wieder darauf, ihr Streitgespräch fortzusetzen.

„Sie können gut mit älteren Menschen umgehen", flüsterte Myrie lächelnd. „Jeder akzeptiert Sie, ja, ich glaube sogar, alle hier haben einen großen Respekt vor Ihnen."

Er griente sie an.

„Na, da bin ich mir nicht so sicher. Viele von denen denken, dass ein Vikar keine unverheiratete junge Dame bei sich logieren lassen dürfe. Deshalb starren sie alle so. Aber ich werden ihnen beweisen, dass sie über mein Privatleben nicht zu bestimmen haben."

„Gehöre ich denn zu Ihrem Privatleben?"
Ihre grünen Augen blitzen überrascht. „Ich
fühle mich eher wie ein Anhängsel der
Gemeinde. Die Dorffrauen haben mich
eingekleidet, der Pastor hat mir einen Job
im Gemeindehaus besorgt und Sie füttern
mich durch und lassen mich bei sich
unentgeltlich wohnen. Ich bin zwar Ihr
Gast, doch mehr oder weniger haben Sie
mir unfreiwillig Obdach gegeben. Nur weil
Sie nicht mit ansehen können, dass
jemand auf der Straße lebt oder unter
Brücken wohnt. Bei Ihnen würde sicherlich
jeder Landstreicher kurzfristig unterkommen. Sie haben einfach ein zu gutes
Herz!"
„Na ja, ein bisschen würde ich schon
auswählen und bisher habe ich noch nie
jemanden bei mir aufgenommen", entgegnete er lächelnd und rieb sich etwas
verlegen das Kinn.
„Doch", wiedersprach sie verschmitzt.
„Ihre Mutter zum Beispiel."
Er grinste. „Eins zu null für Sie, Myrie! Ja,
meine Mutter! In zwei Wochen wird sie
zurückkommen. Wir müssen uns überlegen, wo Sie dann wohnen könnten."
„Ich werde weiterreisen!"
„Was? Oh nein! Nicht, wo Sie sich gerade
so gut bei uns eingewöhnen. Sie sind uns
eine große Hilfe!"

„Schmeicheln können Sie auch ganz gut, Herr Vikar!“

„Ich meine es wirklich ehrlich! Sie helfen dem alten Küster im Gottesdienst und bei den Vorbereitungen dafür. Wir sparen uns die teuren Gestecke, weil Sie die Gebinde so wundervoll aus losen Blumen herrichten. Die Herrschaften im Seniorenwohnheim haben Sie bereits ins Herz geschlossen. Jedes Mal, wenn ich dort bin, werde ich nach Ihnen gefragt. Und Biggi, Ulfs Frau, ist ganz glücklich, dass Sie den Frauenkreis beleben.“

„Beleben?“ Myrie verkniff sich ein Lachen und sah unsicher zu den vorderen Fahrgästen, die ihre Aufmerksamkeit jedoch unentwegt der schönen Landschaft widmeten und dabei darüber stritten, ob es in diesem Jahr weniger Fasane gab oder nicht. „Da haben Sie Recht. Wenn Sie den Klatsch und Tratsch der Landfrauen meinen, die sich einmal in der Woche bei ihr treffen und der losbricht, sobald ich aus dem Raum gehe.“

„Oh, das habe ich nicht gewusst, Myrie! Kränkt es Sie denn so sehr?“, fragte Raven mitfühlend.

Sie sah ihn mit großen Augen an und schüttelte den Kopf.

„Nein, eigentlich nicht! Im Prinzip handelt es sich um sehr liebe Menschen, auch wenn sie versuchen, mich über meine Vergangenheit auszuquetschen."

„Wogegen Sie sich natürlich wehren!"

Sie nickte schweigend.

Sogleich begriff Raven, dass er einen wunden Punkt berührt hatte. Ihm war es gleichfalls nur bröckchenweise gelungen, Informationen über ihre Person zu erhalten, obwohl er das Gefühl hatte, dass sie sich bei ihm wohlfühlte und ihm vertraute.

Er wusste davon, dass man sie als Baby in einem Flugzeug gefunden hatte, von ihrer Waisenhauszeit und dem Ausbruch von dort im Alter von sechzehn Jahren und dass sie sich seitdem mit verschiedenen Jobs auf ihrer vierjährigen Wanderung über Wasser gehalten hatte. Das alles hatte sie ihm bei ihren gemütlichen Abenden am Kaminofen erzählt.

Doch über das *Warum* in all den Dingen und dem Grund der Tatsache, dass sie fast unbekleidet durch die kalte Winternacht des Ortes gelaufen war, schwieg sie sich aus.

Stillschweigend wurde dieses Thema ein Tabu für ihre Gespräche, denn sobald er darauf anspielte, zog sie sich in sich zurück wie ein verletztes Reh. Der Pastor und er hatten beschlossen, ihr Zeit zu lassen. Sie waren übereingekommen, nicht die Polizei ins Spiel zu bringen, sondern Myrie die

Gelegenheit zu bieten, in Hejdekov Fuß zu fassen.

Auch jetzt sagte sie nichts mehr, sondern starrte geradeaus über die leeren Sitze der obersten Etage des Busses hinaus auf die weiße Pracht.

Er betrachtete ihr zartes Profil, die langen dunklen Wimpern über den Smaragdaugen, dem seidigen Ockerglanz im Haar und die weichen vollen Lippen. In seinem Inneren tobten die Gefühle.

„Ich möchte nicht, dass Sie gehen", flüsterte er ohne Vorwarnung. „Bitte bleiben Sie! Es wird sich ganz sicher ein möbliertes Zimmer oder eine kleine Wohnung finden, in der Sie ein neues Zuhause finden können."

Sie sah ihn wortlos an.

„Ich bitte Sie ganz herzlich, Myrie!"

„Wer soll das denn bezahlen, Herr Vikar?", antwortete sie ruhiger als ihr zumute war. „So viel verdiene ich nun doch nicht und der Gemeinderat wird Ihnen etwas erzählen, wenn Sie noch mehr aus der Gemeindekasse für mich ausgeben wollen. Die haben schon komisch gefragt, als der Pastor mich als zeitweise Helferin einstellte."

„Die Kosten werde ich übernehmen!"

„Nein, nein, nein!", wehrte sie halbherzig ab. „Ich mag niemanden auf der Tasche liegen. Soviel verdienen Sie auch nicht. Ich muss meinen eigenen Weg gehen!"

‚Was sagst du denn da, du dumme Kuh‘, schimpfte ihr Gewissen, ‚er bietet dir Geborgenheit und das erste Mal in deinem Leben einen Halt an, und du lehnst ab?‘

Sie fixierte verlegen ihre Stiefel, die ihr gleich am nächsten Morgen, nach der ersten Nacht im Hause des Vikars, durch Pastor Ulf Peters überreicht worden waren. Sie war überwältigt gewesen, auch von der restlichen Kleidung. Innerhalb einer Stunde hatte sie plötzlich zwei lange Hosen, ein Kleid, Unterwäsche, Strümpfe und eine dicke Winterjacke besessen. Es gab eine Menge hilfsbereiter Menschen in Hejdekov, doch abgenutzte, nicht mehr benötigte Kleidung war etwas anderes als eine dauerhafte Ausgabe für eine Wohnung oder ein Zimmer.

Sanft glitt die Hand des Vikars auf ihre Schulter.

„Sie haben noch ein wenig Zeit zum Überlegen. Meine Mutter kommt ja erst in vierzehn Tagen. Lassen Sie uns später noch einmal darüber sprechen, einverstanden?"

Sie hob den Kopf und fiel fast in diese schönen braunen Augen. Seine Art, sie anzusehen, jagte ihr wohlige Schauer über den Rücken. Beschämt senkte sie die Lider. „Einverstanden!", flüsterte sie leise.

In diesem Moment wurde Myrie durch eine plötzliche Erschütterung des Busses hart gegen Raven geworfen. Die Vorderseite des Busses driftete nach links weg und schlingerte heftig. Der Motor heulte auf. Die Reifen versuchten mit empörtem Schnarren erfolglos Profil zu fassen. Das Quietschen mischte sich mit den Entsetzensrufen der Fahrgäste. Sie wurden hin und her geschüttelt.

Raven fing Myrie auf, hielt sie fest, selbst versuchend möglichst festen Halt zu finden. Myrie klammerte sich instinktiv an ihn und quetschte sich zwischen Bank und Lehne des Vordersitzes. Raven kauerte sich über sie.

Der Bus schlitterte hin und her und schüttelte sie durch. Die Fahrgäste stießen panisch spitze Schreie aus, als er plötzlich in Schräglage geriet, sich zur linken Seite neigte, umkippte und auf den harten Abhang schlug. Mit knirschendem Krachen rutschte der Bus kopfüber langsam bergab dem See zu.

Die Fahrgäste kreischten entsetzt. Durch den Aufprall zerbarst das Fensterglas der Seitenteile, Splitter flogen wie Geschosse durch die Gegend. Die Metallstreben zwischen den Fenstern schoben sich zu abstrakten Formen zusammen. Als das Fahrzeug das Ufer des gefrorenen Sees, auf den es hin gerutscht war, erreicht hatte, brach die dünne Eisschicht unter dem gewaltigen Gewicht geräuschvoll entzwei. Der Reisebus sank mit der linken Seite ein Stück ins eiskalte Wasser ein. Totenstille!

Myrie stieß die Luft aus, die sie automatisch angehalten hatte und schraubte sich aus der Umklammerung des Vikars. Sofort rutschte sie weg und fing sich an einem Griff der Bank ab. Schon spürte sie die eisige Flüssigkeit des Sees an ihren Knien hoch steigen. Im Nu sog sich die Kleidung mit frostigem Wasser voll. In Myries Ohren hämmerte der Pulsschlag.

Der Kopf des Vikars lag vornüber auf der Kante der Sitzbank. Entsetzen kroch durch ihre Kehle.

„Raven! Raven!", schrie Myrie vor Angst zitternd.

„Ich bin in Ordnung", hörte sie ihn murmeln, während er einen Arm zwischen Haltestange und Sitz klemmte. Er hob langsam den Kopf und sah zu ihr hin. „Und Sie?"

„Mir tut zwar alles weh, aber ich glaube nicht, dass es etwas Schlimmes ist", flüsterte sie. Am liebsten hätte sie geheult. Der Schock saß sehr tief.

Raven strich sich vorsichtig mit einer Hand die Scherben vom Kopf und schüttelte das zerzauste Haar. Auf seiner Stirn bildeten sich kleine Blutperlen. Mit

Mühe zog er sich zu dem schräg über ihm befindlichen Sitz empor, schlang ein Bein um die Haltestange und richtete sich vorsichtig auf.

Myrie bemühte sich ebenfalls, mit ihren Beinen aus dem Wasser zu kommen und mit klammen Fingern nach oben zu einem der zerschlagenen Fenster zu klettern.

In diesem Moment fuhr ein Ruck durch das Gefährt. Das Vorderteil sackte weiter ab. Sie vernahmen panische Rufe und Wimmern aus dem unteren Bereich des Busses. Hinter der ersten Bank in ihrer Ebene tauchte der schneeweiße Schopf eines der beiden älteren Männer auf. Er ächzte, als er sich über die zerdrückten Sitzplätze schob, um besser Halt zu haben. „Schnell, raus hier! Laufen Sie ans Ufer und holen Sie Hilfe!", wandte sich Raven an Myrie. Seine Stimme klang belegt. Er half ihr durch das kaputte Seitenfenster und kämpfte sich zu den Passagieren im Fond durch. Sie hörte das gurgelnde Geräusch von Wasser.

Ihr stockte fast der Atem, als sie in die unteren Fenster des Doppeldeckers blickte.

Vor Angst gelähmt, drängten sich die Körper der alten Leute gegen die unversehrten Scheiben im diesem Teil des Busses. Nach Luft schnappend, mit blutigen Lippen und aufgeschlagener Stirn, rissen sie ihre Augen weit auf und formten verzweifelte Wörter.

Myrie sah das ansteigende Eiswasser im Inneren. Der Aufgang zum Obergeschoss war zerdrückt. Dort hindurch konnte niemand fliehen.

Wieso war keine der unteren Scheiben zerstört? Mit aller Kraft hämmerte sie dagegen. Immer wieder versuchte sie, das Glas entzwei zu schlagen, doch ohne Erfolg. Sie rutschte auf den Fenstern weiter und begann an anderer Stelle mit ihrem Kampf.

Der auf der Seite liegende Bus war inzwischen auch im Unterdeck bis zur Hälfte vollgelaufen. Hysterie schien sich in seinem Inneren zu verbreiten, denn mehrere Personen begannen wild um sich schlagend, die anderen niederzudrücken, um aus dem Wasser zu kommen. Das dumpfe Brüllen der schmerzverzerrten Gesichter erfüllte Myrie mit Grauen. Sie befürchtete, dass sie ersticken würden, wenn es ihr nicht gelang, eine Öffnung für den Ausstieg zu schaffen.

Hilflos wandte sie sich zu Raven um. Er hatte bereits drei der Leute aus dem Wrack befreit und war dabei den vierten heraus zu ziehen.

„Raven!" Ihr gellender Verzweiflungsruf ließ ihn herumfahren. „Das Glas! Ich kann es nicht zerschlagen."

Er begriff sofort die lebensbedrohliche Situation. Mit aller Gewalt riss er eine lose Stange aus dem Wrack, zerschlug zwei der Scheiben schräg neben sich, balancierte über die, aus dem Wasser herausragende Seite des Busses zu Myrie hin und schlug ebenfalls mehrere Fenster entzwei. Dann nickte er ihr aufmunternd zu und eilte wieder zum vorderen Stück, um dort beim Ausstieg behilflich zu sein.

Myrie kniete sich an den Rand eines der Fenster, stemmte einen Fuß gegen den Griff der mechanischen Bustür und streckte den Leuten ihre Hände entgegen, um ihnen aus dem zerstörten Bus zu helfen. Dabei redete sie beruhigend auf jeden ein, wenngleich sie auch bei jedem Wort vor Kälte zitterte. Einer nach dem anderen fasste Vertrauen und ergriff die dargebotene Hand.

Endlich, nach wie es ihr vorkam unendlich langer Zeit, erlangte auch der letzte der Passagiere seine Beherrschung wieder. Die alten Leute merkten, dass der Doppeldecker nicht weiter sank und halfen sich gegenseitig über die Bänke in die Freiheit.

Wie in Trance und ohne die brennend schmerzenden Knochen zu beachten, wuchtete Myrie die Senioren über die Kante des Fensters. Schließlich gelang es auch dem letzten Mann, sich aus dem verunglückten Fahrzeug, durch das eisige Wasser an Land zu schleppen.

Der umgestürzte Bus bebte unter den Bewegungen der flüchtenden Menschen, aber er sackte glücklicherweise nicht weiter ab. An Myries von den Glassplittern zerschürften Händen floss das Blut herunter. Doch die Anstrengungen waren nicht umsonst gewesen. Der Bus war leer.

Erschöpft fiel ihr Kopf auf das kalte Blech. Das Bedürfnis einzuschlafen bemächtigte sie wie schweres flüssiges Blei. Es war ja so kalt.

In diesem Moment spürte sie, wie eine wollene Decke über ihre Schultern gelegt wurde. Ein kräftig gebauter Feuerwehrmann zog sie auf seine starken Arme und hob sie über die silberne Metallschiene des Daches.

„Kommen Sie, Fräulein. Ich helfe Ihnen. Gleich können Sie sich ausruhen!"

Er stapfte mit seiner zitternden Last über das knarrschende eingebrochene Eis.

Ihre Zähne klapperten wie eine im Wind lose schwingende Tür. Während der Rettung hatte sie jeden Gedanken an die Kälte verdrängt. Doch nun fühlte sie jeden Millimeter ihres Körpers, als würde dieser augenblicklich absterben. Undeutlich nahm sie flackernde Blaulichter, rote Wagen, verschwommene Gesichter und Stimmen um sich wahr.

Plötzlich befand sie sich mitten unter eingemummten Körpern in einem Transporter. Ein Arm legte sich um sie und drückte sie an einen breiten Oberkörper.
„Tapferes Mädchen“, flüsterte Raven in ihr Ohr.
Sie schmiegte sich bibbernd an seine warme Wolldeckenbrust und schloss die Augen. Bei ihm fühlte sie vertraute Geborgenheit und vergaß für kurze Zeit die schmerzenden Körperstellen.
Erst am flackernden Kamin im Gesellschaftsraum des Gasthofes kam sie wieder richtig zu sich. Der unruhig lodernde Feuerschein drängte sich durch die geschlossenen Augenlider wie plötzliche Gewitterblitze. Sie lag mit einer warmen Decke umwickelt in einem großen Ohrensessel. Beide Hände steckten bis zu den Handgelenken in dicken Mullverbänden. Sie spürte jedoch keinen Schmerz.

Dumpfes Gemurmel erfüllte den Raum und erinnerte sie an eine Bahnhofsvorhalle bis sie die Augen endgültig öffnete.
Dann jedoch blinkten zwei wuchtige goldene Kerzenleuchter vom weißgetünchten Kaminsims zu ihr herüber, die eine alte Eichenholzuhr einrahmten, über der wiederum das stolze Geweih eines Zwölfenders prunkte. Jemand setzte ihr ein

warmes Getränk an die Lippen. Es duftete nach Pfefferminze, Thymian und Salbei.

„Trinken Sie, das wird Ihnen gut tun. Beugt jeder Erkältung vor!"

„Danke! Wie geht es den Leuten aus dem Bus?"

Die stämmige Wirtin des Gasthauses lächelte sie an.

„Sie sind die Heldin des Tages, Fräulein Myrie. Dank Ihrer Umsicht hat niemand ernsthafte Verletzungen davon getragen, obwohl die Sanitäter alle Hände voll zu tun hatten, die vielen Schnittwunden und Prellungen zu behandeln. Den Busfahrer hat es am schlimmsten erwischt. Sein Bein wurde eingequetscht und ist gebrochen. Sie haben ihn schon ins Krankenhaus gebracht. Der Arzt hat Ihnen eine Tetanusspritze verabreicht und die Hände verbunden. Dann haben die Männer Sie an den warmen Kamin gebracht."

„Ich habe gar nichts davon mitgekriegt!"

„Sie waren vor Erschöpfung nicht ansprechbar und sind immer wieder eingeschlafen. Der Vikar ist sehr besorgt um Sie. Er wollte Sie in ein Krankenhaus bringen lassen, doch der Notarzt konnte ihn beruhigen, dass es Ihnen bald besser gehen wird."

„Wo ist der Vikar?"

„Oh, er begleitet einige Damen zu den Kleinbussen für die Rückfahrt. Die

Aufregung hat ihnen so zugesetzt, dass sie umgehend nach Hause wollten, obwohl ich allen angeboten habe, sich bei uns aufzuwärmen, zu trocknen und das bestellte Essen dennoch einzunehmen."

Myrie musste unwillkürlich bei der Vorstellung lächeln, dass sie alle in ihrer schmutzigen feuchten Kleidung im noblen Gasthaus Seeblick auf dem teuren Gestühl sitzen und unbekümmert dinieren sollten. Dennoch knurrte ihr Magen und forderte sein Recht.

„Ich könnte tatsächlich etwas essen", meinte sie deshalb zu der Wirtin. Diese zog ihre blaue Schürze zurecht, die das rot geblümte Kleid vor dem Schlimmsten bewahren sollte und lachte.

„Ja, das glaube ich. Sie haben ja auch Schwerstarbeit geleistet. Ich denke, die meisten der Herrschaften haben sich jetzt so weit beruhigt, dass wir auftischen können. Ich werde gleich mal mit Vikar Sander sprechen." Schon rauschte sie davon.

Myrie streckte die Beine aus und beobachtete die Funken über den Holzscheiten und die zuckenden Flammen im Kamin. Von Zeit zu Zeit gab eines der funkensprühenden Scheite ein entrüstetes Knallen von sich. Ihr fuhr bei dem Geräusch ein Schauer über den Rücken.

Tief im Inneren kroch eine schreckliche Erinnerung in ihrem Kopf empor.

- *Sie sah sich wieder im Kinderheim in Frankreich, welches den fröhlichen französischen Namen Le Solei trug.*
Der Kalender zeigte den 25. Dezember, Weihnachten. Myrie war in diesem Herbst elf Jahre alt geworden und trug, neben der Einheitsuniform des Hauses, einen festgeflochtenen dicken Zopf, der mit einer weißen Schleife gebändigt war und ihr bis hinunter zu den Hüften reichte. Schwester Janice nahm sich meist viel Zeit, um aus ihren kräftigen Haaren eine ordentliche Frisur zu zaubern.
Heute war es ihr besonders gelungen, doch der feste Zopf ziepte dermaßen, dass Myrie bereits Kopfschmerzen bekam.
Monsieur Trabaneur, der Leiter des Waisenhauses, sagte immer, ihre Haare glänzten wie goldene Seide, sobald das Licht darauf fiel. In diesem Moment hätte sie jedoch am liebsten eine Schere genommen und sie abgeschnitten. Etwas beunruhigte sie nämlich zusätzlich zum Zerren ihrer Haarpracht.
An diesem Tag in der Kathedrale hatte Monsieur sie mehrmals sehr merkwürdig angesehen, so dass sie schnell die Augen niederschlug, als sie seinen Blick erneut spürte. Er hatte sich auf der Bank in der

Kirche so dicht neben sie gesetzt, dass sie dachte, von seiner Körperhitze ersticken zu müssen.

Nach dem Abendgottesdienst brachte man die Kinder zurück ins Heim. Während die anderen in den Speisesaal stürmten, versuchte Myrie im langsamen Gehen das Geflecht auf ihrem Kopf ein wenig zu lockern, in dem sie mit den Fingern darunter fuhr und schließlich stehenblieb. Plötzlich stand Monsieur Trabaneur hinter ihr.

„Oh, Cherie, ist es zu stramm?", säuselte er. „Komm mit, ich helfe dir, dein Haar ein wenig zu lösen." Seine Stimme verursachte ihr eine Gänsehaut auf dem Rücken.

Bevor sie reagieren konnte, schob er sie durch die Tür seines Büros, vor dem sie zufällig gestanden hatte.

Sie wollte ihm noch erklären, dass sie schleunigst in den Saal musste, um keinen Rüffel der aufsichthabenden Schwester zu bekommen, als er hastig die Tür abschloss und sie zu einem riesigen Spiegel zerrte.

Er machte kein Licht, denn an diesem Abend schien der Mond so hell, dass sein Schein einen Teil des Raumes mühelos erhellte und die Strahlen sich im Spiegel brachen.

„Ganz ruhig, mon amie. Ich helfe dir!", murmelte er dicht an ihrem Kopf, während er den Zopf löste bis ihre Haarpracht, golden schimmernd, über ihren Rücken floss.

„Du bist so schön", schmeichelte er mit belegter Stimme, während er seine Finger durch ihr Haar über ihren Nacken gleiten ließ. Sein heißer Atem kroch entlang ihrer Wange. Seine Kleidung stank nach ekligen Schweiß.

Myrie drückte sich gegen den kalten Spiegel. Sie zitterte vor Angst und Ekel. Ihr liefen heiße Tränen an den Wangen hinunter. Sie wäre so gerne geflüchtet vor diesem entsetzlichen Mann, aber seine massige Gestalt versperrte jeden Flucht-weg.

Doch auch wenn sie sich aus seinem Griff hätte befreien können, wäre die Tür abgesperrt gewesen. Sie konnte nicht davonlaufen. Monsieur Trabaneur presste sich an sie und stöhnte. Sie glaubte zu ersticken. Seine Hand grub sich zwischen ihre Beine. Doch plötzlich hielt er inne.

„Moment Cherie!", krächzte er mit Speichel im Mundwinkel.

Der Hoffnungsschimmer in ihrem naiven Kinderherzen, er hätte es sich anders überlegt und wollte sie gehen lassen, schwand dahin, als ihr klar wurde, dass er lediglich zu einer Kerze in einem Halter griff und sie anzündete. Mit glasigem Blick, hielt er die Kerze mal hierhin, mal dorthin und beleuchtete sie von allen Seiten.

Wiederum griff er mit den dicken Fingern in ihre Haare, zerrte ihren gesenkten Kopf nach hinten und versuchte ihre Lippen zu küssen. Das Zerren tat ihr schrecklich weh, so dass sie sich verzweifelt wehrte. Unerwartet schrie er auf.

Offensichtlich war ihm Wachs auf seine Hände getropft. Er ließ augenblicklich die Kerze los und von Myrie ab, die ihm mit aller Kraft und aufgestauter Wut einen Stoß versetzte. Er fiel unkontrolliert nach hinten in einen Stapel alter Zeitungen, welche in einer Ecke am Boden lagen und rührte sich nicht mehr.

Währenddessen hatte das Feuer der Kerze einen Stapel Papier entfacht. Die Flammen züngelten bereits an den Gardinen hoch und fraßen sich über einen alten Sessel zur Ecke, in der Monsieur Trabaneur, vermutlich ohnmächtig lag.

Der Qualm war kaum noch auszuhalten. Die graue Hose von Monsieur begann wie eine Fackel zu leuchten. Er kam zu sich, wand sich hin und her und brüllte wie am Spieß. Dies alles geschah in Bruchteilen von Sekunden.

Voller Panik begann Myrie zu schreien. Sie hatte keinen Schlüssel, um zu fliehen und stand heulend vor dem Spiegel. Von draußen rüttelte jemand an der Tür, *aufgeregtes Stimmengewirr. Sie vernahm es kaum noch, denn der Rauch hatte ihre Lungen erreicht. Sie sackte ohnmächtig zusammen.*

An die folgenden Tage konnte sie sich kaum erinnern. Nur daran, dass Schwester Janice ihr grässliche Haferschleimsuppe einflößte und ihr von Zeit zu Zeit über den Kopf strich.

Als es ihr nach vielen Tagen wieder besser ging, bemerkte sie zu ersten Mal den Kopfverband.

„Sie wachsen wieder", tröstete die Schwester sie, als ihr erklärt wurde, dass fast ihr gesamtes Kopfhaar verschwunden war. Ihr Haar war ihr völlig gleichgültig. Schließlich war es die Ursache des Übels gewesen. Nur dass man beschlossen hatte, sie in ein anderes Heim zu verlegen, welches weit weg in einem anderen Bezirk lag, stimmte sie traurig.

Monsieur Trabaneur war seinen schweren Verletzungen beim Brand erlegen. Daher verstand sie überhaupt nicht, warum sie das französische Waisenhaus verlassen musste.-

In all den vergangenen Jahren waren diese schlimmen Erinnerungen zwar von ihr verdrängt worden, doch oft beschlich sie beim Anblick größerer Feuer eine unvorstellbare Panik. Wie heute in ihrer

Erschöpfung kamen sie durch die Gerüche und Geräusche der Flammen wieder zum Vorschein.

„Warum weinen Sie denn? Sie zittern ja am ganzen Körper. Haben Sie noch Schmerzen?"

Erschrocken öffnete Myrie die tränennassen Augen. Schnell wischte sie darüber und schüttelte heftig den Kopf. Raven hockte zu ihren Füßen. Seine Hände lagen auf ihren verbundenen Armen. Sein besorgter Blick musterte sie scharf. Sie schluckte schnell die letzten Tränen hinunter.

„Nein, nein, ich habe keine schlimmen Schmerzen", beteuerte sie. „ ... das Feuer hat mir ... nur für einen Moment lang Angst eingejagt! Ich habe an ein schreckliches Erlebnis in meiner Kindheit gedacht. Es ist schon wieder gut."

Beruhigend tätschelte er ihre Hand und blickte sie forschend an. Aber offensichtlich wollte sie nicht weiter erzählen. Also fragte er nicht nach.

„Es war alles ziemlich viel für Sie, nicht wahr!", meinte er sanft. „Haben Sie Hunger? Wir wurden zu Tisch gebeten. Kommen Sie mit?"

Myrie nickte stumm und erhob sich. Ihre Hose war fast getrocknet, nur das Sweatshirt fühlte sich noch klamm an.

Gemeinsam betraten sie den Nebenraum, in dem an langen Tischen der Rest der verunglückten Seniorengesellschaft Platz genommen hatte.

Als man sie gewahrte, fing einer nach dem anderen an, zu klatschen. Und während sie am Ende des riesigen Tisches ihre Plätze suchten, bedankte sich jeder der alten Leute per Handschlag bei ihnen und lobten sie in den höchsten Tönen.

Mit Taxen brachte man die Senioren am frühen Abend nach Hause. Raven und Myrie blieben bis alle Leute auf den Heimweg waren. Es wurde ziemlich spät.

Der Wirt des Restaurants fuhr sie persönlich nach Hejdekov zu Ravens Wohnung, wo sie endlich aus der schmutzigen Kleidung steigen und duschen konnten.

Verhaftet

Die verhängnisvolle Ausfahrt mit den Senioren war am Samstag gewesen. Der Sonntag begann, trotz des Unfalls, wie immer um elf Uhr mit dem Gottesdienst.

Allein schon wegen der drei Taufen, die sie in der vergangenen Woche emsig vorbereitet hatten, rafften sich Myrie und der Vikar mit schmerzenden Gliedern und Muskelkater auf, um Pastor Ulf Peters dabei zu unterstützen.

Dieser dankte Gott in einem Gebet am Ende des Gottesdienstes überschwänglich für den glimpflichen Verlauf der sie heimgesuchten Katastrophe.

Viele der alten Leute aus der Seniorengruppe waren anwesend, manche mit Pflaster im Gesicht und Verbänden an den Händen oder Armen.

Sie schüttelten Myrie und Raven beim Hinausgehen nochmals herzlich die Hände. „Sie sind unsere Rettungsengel gewesen!", erklärte Frau Grosgrover vor der gesamten Schar. „Ohne Ihr energisches Einschreiten wären viele von uns vor Panik einem Herzinfarkt erlegen oder im Eiswasser erfroren. Wir haben heute Morgen noch beschlossen, Sie Beide am heutigen Nachmittag zum Kaffee ins Seniorenheim einzuladen. Bitte kommen Sie, ja!"

Myrie sah an Ravens Miene, dass er genauso wenig Lust zu einem Kaffeekränzchen hatte wie sie. Am liebsten hätte sie sich all dem Trubel entzogen, denn die Erschöpfung im Körper wollte einfach nicht weichen. Doch sein ergebener Blick zeigte auch, dass er es nicht fertig brachte, die Einladung abzulehnen.

So nickte er dann auch und versprach, zu kommen. Also würde sie ihn begleiten müssen. Sie nickte ihnen ebenfalls zu und versicherte, dass sie sich über die Einladung freute. Glückselig segelten die Seniorinnen von dannen. Es befanden sich nur noch wenige Menschen im Vorraum des Kirchenschiffes, als sich der Vikar zum Küster aufmachte, um über verschiedene Dinge zu sprechen, welche dieser in den nächsten Tagen erledigen sollte.

Pastor Ulf ließ sich gerade mit der letzten Tauffamilie vor dem Altar fotografieren.

Gedankenversunken ging Myrie die Stufen vor der schweren Holztür hinab auf den gestreuten Schneeweg vor der Kirche.

Der glitzernde Schnee schmolz zwar bereits etwas, doch der Friedhof war noch mit einer dicken Schicht bedeckt. Die Eiszapfen an den Grabsteinen, besonders aber an den Kreuzen bildeten bizarre Formen. Jeder Stein trug eine Haube aus Millionen von Flocken. Die Äste der Kiefern bogen sich unter ihrer schweren Last.

Der wunderschöne friedvolle Anblick wärmte ihr Herz. Myrie atmete tief die frische kühle Winterluft ein. Das Atmen vertrieb jedoch nicht ihre Erschöpfung und Müdigkeit des vergangenen Tages.

Wenn Raven sich beeilte, überlegte sie, konnte sie sich eventuell noch für kurze Zeit zu einem Mittagsschläfchen in ihr Bett verkriechen. Er hatte sicherlich ebenfalls das Bedürfnis, ein wenig auszuruhen. Die tiefen dunklen Ringe unter seinen Augen sprachen Bände.

Nachdem sie am Abend zuvor endlich daheim gewesen waren; sie wunderte sich selbst, dass sie die gemütliche Wohnung des Vikars bereits nach so kurzer Zeit als ihr Zuhause betrachtete; war sie nach dem Duschen sofort in einen tiefen Schlaf gefallen.

Irgendwann in der Nacht, es war fast drei Uhr, war sie erwacht und hatte den Lichtschein unter ihrer Schlafzimmertür bemerkt. Verschlafen war sie ins Wohnzimmer getappt.

Er saß im Ohrensessel, in ein dickes Buch vertieft. Der Wälzer entpuppte sich als ein historisches Buch über Australien. Myrie las den Titel *History of Australia*, bevor Raven ihre Anwesenheit registrierte.

Für einen Moment riss er erschreckt die Augen auf, fasste sich aber schnell und schlug sofort sein Buch zu.

Er hatte nur noch etwas wie *-jetzt muss ich aber auch schlafen gehen-* gemurmelt und war in seinem Zimmer verschwunden.

Sie selbst fand lange keinen Schlaf. Wusste aber nicht, warum. Erst in den Morgenstunden war sie in eine wirre Traumwelt versunken, aus der sie durch das schrille Geräusch des Weckers, der halb neun anzeigte, dazu bewegt wurde, ihre müden Knochen über die Bettkante zu stemmen, um das Frühstück für Raven und sich zu zubereiten.

Sie hatten ein stillschweigendes Übereinkommen getroffen: Sie bereitete sonntags das Frühstück, wenn er den Gottesdienst mitgestaltete oder allein bestreiten musste, damit er sich in aller Ruhe fertig machen konnte. Und er verwöhnte sie dafür samstags mit einer eigenen Kreation eines Frühstücks aus Brateiern, Speck und Toast.

In der Woche aßen sie meist Müsli oder Ähnliches, bevor jeder von ihnen seinen Aufgaben nachging. Myrie hielt sich überwiegend bei Biggi in der Sakristei auf, sortierte die Post oder legte Dokumente ab. Oder sie half dem Küster die Kirche herzurichten. Von Zeit zu Zeit begleitete sie allerdings auch Ulf Peters oder Raven Sanders bei Besuchen in Seniorenheimen.

Während sie noch ihren Gedanken nachhing, fasste sie plötzlich jemand heftig bei der Schulter. Sogleich packte sie eine zweite Hand und drehte erst ihren linken Arm nach hinten, dann den rechten und streifte Handschellen über die verletzten Handgelenke. Myrie biss vor Schmerzen die Zähne zusammen, jedoch verließ kein Laut ihre Kehle.

„Polizei Lemmling! Machen Sie keine Schwierigkeiten und kommen Sie mit!" Die barsche Stimme des Mannes im schwarzen Ledermantel fuhr ihr durch Mark und Knochen. Wie hatte man sie nur gefunden?

„Was wollen Sie von mir?" Ihre Stimme vibrierte, so erschrocken war sie.

„Sie sind verhaftet! Wegen zweifachen Mordes! Sollten Sie sich weigern, uns zu begleiten, können wir auch von unserer Schusswaffe Gebrauch machen."

„Wegen … Mordes?", stammelte sie mit dünner Stimme. „Ich habe niemanden ermordet!"

„Das steht jetzt nicht zur Debatte. Sie sind hauptverdächtigt. Also machen Sie kein Aufsehen und begleiten uns?" Er schubste sie unsanft vor sich her, zu einem dunkelblauen Kombi, der direkt neben den verschnörkelten eisernen Flügeltoren des Kirchengeländes geparkt war.

Der zweite Mann beobachtete aufmerksam den Kirchenvorplatz und den Eingang. Einige Neugierige waren stehen geblieben und starrten zu ihnen herüber.

Während er noch zur Eile drängte, kam die Pastorengattin Biggi Peters aus der Kirche, um nach Myrie Ausschau zu halten. Für sie sah es so aus, als ob Myrie von zwei dunklen Kerlen gewaltsam ins Auto gestoßen wurde, um sie zu entführen.

„Halt!" schrie sie aus voller Kehle. „Ulf, Raven, schnell, kommt! Myrie wird entführt!"

Fast gleichzeitig rannten die Pastoren die Stufen hinunter. Raven erreichte als erster den Wagen, dessen Fahrer soeben den Motor angeworfen hatte. Da es sich aber um einen Diesel handelte, brauchte er noch etwas Zeit, bevor er abfahren konnte. Raven riss die Beifahrertür auf und versuchte den Mann herauszuzerren. Dieser hielt ihm seine Polizeimarke vors Gesicht.

„Vergreifen Sie sich nicht an Hütern des Gesetzes, Herr Vikar!", warnte er grimmig. Widerwillig ließ Raven los. Er suchte den Blick von Myrie, doch sie saß mit gesenktem Kopf im abgesperrten hinteren Teil des Wagens.

„Was wollen Sie von ihr?", fragte Ulf Peters, eine Hand beruhigend auf dem Unterarm seines wütenden Freundes.

„Mord!", grunzte der Gefragte grimmig. „Wir bringen sie nach Lemmling in Untersuchungshaft. Also behindern Sie uns nicht bei unserer Arbeit!"

Die Beifahrertür knallte scheppernd zu und der Kombi sauste davon.

Inzwischen standen auch der Küster, Biggi und einige Passanten an der Straße. Sie sahen sich ungläubig an.

„Mord?" Ulf Peters schüttelte verwirrt den Kopf. „Das kann ja wohl nicht wahr sein. Sie müssen sie verwechseln."

„Warum hat sie eben geschwiegen? Sie hätte doch protestieren können? Sie hat mich nicht mal angesehen; so als hätte sie ein schlechtes Gewissen!", krächzte Raven verzweifelt.

„Sie stand unter Schock, denke ich", vermutete Biggi. „Die Polizei hat sie überrascht und eingeschüchtert. Das arme Mädchen!"

Ulf Peters streckte sich energisch. „Kommt mit in die Sakristei. Ich rufe in Lemmling an und versuche herauszubekommen, was da vor sich geht. Wir holen sie da raus!"

Der Pastor schob seinen erschütterten Freund vor sich her, Biggi nahm ihn an der anderen Seite beim Arm, bis sie sich alle im Büro der Sakristei niederließen. Der Pastor griff sofort zum Hörer und rief die Lemmlinger Revierwache an. Doch als er die Hintergründe der Verhaftung erfuhr, schwand sein Optimismus.

„Puh, es sieht nicht gut für die Kleine aus. Sie soll in Lemmling das Haus eines wohlhabenden Bürgers angezündet haben.

Der Mann, es war der Bruder des Bürgermeisters, und noch ein Freund von ihm kamen in den Flammen um. Außerdem werfen sie ihr Raub und Diebstahl in anderen Häusern des Ortes vor, wo ebenfalls kleine Feuer gelegt wurden. Sie nennen sie bereits die *Lemmlinger Feuerteufelin*."

„Um Himmels Willen", stöhnte Biggi. „Nicht Myrie, das glaube ich nicht. So etwas würde sie nicht tun! Ich glaube es einfach nicht!"

„Du hast Recht. Sie war es bestimmt nicht!" Raven war plötzlich überzeugt. Er hatte sich wieder gefasst. Statt der Ohnmacht, stieg eine ungeheure Wut auf die Polizisten in ihm auf. Gleichzeitig kroch unbändige Sorge um sie in sein Herz.

„Sie kann es gar nicht gewesen sein, Ulf. Sie hat Angst vor Feuer! Erst gestern am Kamin des Gasthofes, hat sie mir irgendetwas von einem schrecklichen Kindheitserlebnis mit Feuer gesagt. Ich weiß nicht, was vorgefallen ist, aber die Tränen in ihren Augen und ihr Zittern sprachen dafür, dass es sehr schlimm gewesen sein muss."

„Sie braucht einen guten Verteidiger", warf der Küster ein, der vor langer Zeit für vier Semester Jura studiert hatte und sich daher ein bisschen auskannte. „Ein mittelloses Mädchen wie sie bekommt nur

einen Pflichtverteidiger. Und wenn die Polizei in Lemmling von ihrer Schuld überzeugt ist und der Bürgermeister einen Schuldigen sucht, na dann, gute Nacht!"
Ulf sah nachdenklich aus. „Was ist, wenn sie gerade wegen dieses traumatischen Erlebnisses dieses Feuer gelegt hat? Unbewusst vielleicht oder aus Rache?"
„Ulf!", fauchte seine Frau empört. „Wie kannst du ihr Derartiges unterstellen? Bei uns hat sie ja auch keine Feuer gelegt, oder!?"
„Wir haben sie aufgenommen. Uns ist sie dankbar, Biggi. Wer weiß, wie man in Lemmling mit ihr umgesprungen ist!"
„Ohne handfeste Beweise ist sie unschuldig, Punkt!" Raven funkelte seinen Freund wütend an. „Sie muss da raus. Ich habe schon so viele Horrorgeschichten von der Untersuchungshaft in Lemmling ge-hört. Die machen sie fertig, bevor sie ein Wort bei einer Gerichtsverhandlung sagen kann."
„Zumal es um die Person des Bürger-meisters geht", ergänzte der Küster noch-mals. „In vier Monaten sind Wahlen, sein Bruder wurde getötet und die Leute sind sauer wegen mehrerer unaufgeklärter Diebstähle und Brandschatzungen. Grund genug für den Bürgermeister und seine Anhänger, den erstbesten Landstreicher oder in diesem Fall Landstreicherin für

alles verantwortlich zu machen, um ihre Handlungsunfähigkeit zu verbergen."
Die anderen nickten.
„Das kostet Geld", seufzte der Pastor. „Ich bin sicher, dass uns der Kirchenrat nicht unterstützen wird. Die hängen sich an keinen Skandal."
 Raven sprang auf. Seine Gedanken hatten sich bereits selbstständig gemacht.
„Ich weiß schon, wo ich Unterstützung finde, auch wenn ich mich dafür in die Höhle des Löwen begeben muss."
„Was hast du vor?" Biggi sah ihn prüfend an.
„Ein Augenaufschlag bringt die betreffende Lady zum Schmelzen, glaub mir", antwortete Raven überzeugt. „Sie wird mir Geld für einen Anwalt borgen. Vielleicht kann sie sogar einen guten empfehlen. Schließlich klagt sie ja fast alles über ihre Anwälte ein!"
„Nein, sag nicht, dass du freiwillig zu diesem Vollweib gehst!", grinste Ulf überrascht. „Nicht zu Amanda Bedinghomer!"
„Ich habe keine andere Wahl, großer Meister. Myrie braucht Hilfe und zwar sehr schnell. Also, was bleibt mir anderes übrig als mich an die reichste ledige Frau des Städtchens heran zu wagen und sie um Hilfe zu bitten. Sie sucht ja immer meine Nähe. Vielleicht kann ich sie bei einem

Tässchen Kaffee dazu bringen, Myrie zu helfen.“

Mit diesen Worten warf er sich schwungvoll den Mantel über die breiten Schultern und steuerte der Ausgangstür zu. Dort hielt er noch einmal inne und drehte sich um.

„Ach Ulf, entschuldige uns bitte im Seniorenheim. Myrie und ich sollten dort zum Kaffee erscheinen. Ich denke, dass ich den gesamten Nachmittag für Fräulein Amanda einplanen muss.“

Der Pastor winkte ihm kopfschüttelnd nach.

„Geht schon in Ordnung. Ich werde den Alten reinen Wein einschenken. Dann haben sie Gesprächsstoff.“

„Wieso reinen Wein?“ Biggi war irritiert. „Du willst ihnen doch wohl nicht erzählen, dass Myrie in Untersuchungshaft sitzt.“

„Doch, aber ich werde ihnen sagen, dass sie unschuldig dort inhaftiert wurde. Das spricht sich herum. Positive Reklame nennt man so etwas, mein Schatz.“

Er küsste sie auf die Stirn, als auch der Küster kehrt machte, um sich wieder seinen Aufgaben in der Kirche zu widmen.

„Etwas Strategie hat noch nie geschadet, oder!?“, fügte er etwas selbstgefällig hinzu.

Sie hörten wie Ravens Auto aufheulte und mit quietschenden Reifen davon fuhr.

„Diese Sache nimmt ihn ganz schön mit“, stellte Ulf fest.

Biggi nickte. „Kein Wunder. Er liebt sie!“

„Woher willst du das wissen?“

Sie lachte hell auf.

„Mensch, Ulf Peters, gehst du mit geschlossenen Augen durch Hejdekov? Das sieht doch jeder Blinde. Sie schleichen um einander herum. Sobald sie sich sehen, strahlen die Beiden und wenn sie ihn anlächelt, geht die Sonne in seinem Gesicht auf. Ich habe noch nie erlebt, dass er jemanden derart liebevoll ansieht.“

„Ein Grund mehr, dass Myrie schnell freikommt. Unser Raven gleicht ja jetzt schon einem nervlichen Wrack. Beweis ist sein Gang zu Fräulein Bedinghomer. Soweit hätte er sich früher niemals bringen lassen. Es graust ihm schon, wenn er sie von weitem sieht, weil sie ihm laufend nachstellt. Die wird sich vielleicht freuen.“

„Nun lästere mal nicht über sie. Wo bleiben deine guten Manieren? Sie ist kein schlechter Mensch. Ein bisschen überdreht, aber gutmütig. Sie wird ihm schon helfen“, entgegnete sie. „Im Grunde genommen hat sie ein gutes Herz.“

„Schon möglich, Biggi, aber ob sich das auch auf ihr Vermögen bezieht, daran zweifle ich. Raven wird sich die Zähne an ihr ausbeißen, das sage ich dir. Sie ist so geizig wie Dagobert Duck.“

„Na ja, so ganz ohne Gewinn für sich selbst wird sie ihm seine Bitte sicherlich nicht erfüllen. Wir könnten ihr einen Ehrenplatz in der Kirche anbieten. Was hältst du davon?" Biggi lachte wieder.

„Oh, Frau, was hast du für Ideen?", stöhnte der Pastor. „Was glaubst du, würde der Kirchenvorstand dazu sagen? Sie hat sich doch schon mit fast jedem von denen angelegt. Außerdem hat diese Sache nichts mit unserer Gemeinde zu tun. Unser Freund wird sich etwas anderes einfallen lassen, um die Dame zu überzeugen. Ich jedenfalls, möchte nicht in seiner Haut stecken. Ich kann ihm nur geistlichen Bestand geben, sonst nichts."

Der Kompromiss

Amanda Bedinghomer war in der Tat übermäßig erfreut über den Besuch des verehrten Herrn Vikars und bot ihm sogleich errötend Kaffee und Kuchen im Salon an, obwohl es erst kurz nach Mittag war.

Aber Kuchen könne man ja schließlich auch mal zu anderen Zeiten genießen, meinte sie fröhlich und servierte es in einem, wie Raven fand, sehr hässlichen Goldrandgeschirr. Trotzdem langte Raven kräftig zu und war froh, noch kein Mittagessen eingenommen zu haben, denn die Berge auf seinem Teller wurden nicht weniger. Amanda hatte es voll im Griff, ihm sofort ein nächstes Stück aufzudrängen, kaum dass er den letzten Happen in den Mund geschoben hatte.

Während sie aßen, plapperte sie unentwegt wie ein nie endender Wasserfall. Es war ihm rätselhaft, wie man mit vollem Mund so viele Worte hervorbringen konnte, ohne den gesamten Kauinhalt über den Tisch zu sprühen. Doch dieser Frau gelang es, zwischen kauen, schlucken, trinken und sprechen, auch noch genügend Luft zu kriegen, damit sie nicht erstickte. Die Wangen glühten vor Eifer. Dabei wog der gewaltige Busen unentwegt wie ein Schiffsboden auf und ab, so dass Raven bald das Gefühl hatte, seekrank zu werden. Er riss sich zusammen, um nicht laufend auf ihr tiefes Dekolleté zu starren. Er wusste, dass sie seinen Blick bemerkt hatte, denn sie rückte die offene Bluse von Zeit zu Zeit theatralisch zurecht.

Er zwang sich dazu, sein Anliegen möglichst sachlich und ohne zu viele Emotionen vorzutragen. Ihr Mund verzog sich enttäuscht zu einem spitzen Wulst. Er drückte Widerwillen aus.

„Verstehe ich Sie richtig, Herr Vikar? Deshalb sind Sie also hier: Sie möchten mein Geld für einen Anwalt, um diese Streunerin aus dem Gefängnis zu holen?"

„Sie ist keine Streunerin. Sie ist obdachlos und besitzt kein Geld." Raven zwang sich zur Ruhe. „Das ist ein gewaltiger Unterschied."

„Ja. Natürlich. Und sie frisst sich bei Ihnen durch und wohnt umsonst. Oder? Gibt es vielleicht Gegenleistungen?", fragte sie spitz.

Er spürte ihre Abneigung gegen Myries Person fast körperlich und das gab ihm einen schmerzhaften Stich ins Herz. Er wusste genau, worauf sie hinaus wollte, beschloss aber, nicht auf ihre Andeutung einzugehen. Schließlich wollte er sie zum Helfen bewegen. Gewinnend neigte er sich etwas zu ihr hinüber und setzte sein charmantestes Lächeln auf.

„Amanda, hätte ich selbst genügend Geld, würde ich die Kosten sofort übernehmen, als ein Akt der Nächstenliebe. Doch mein dünnes Vikarsgehalt lässt keine großen Sprünge zu. Leider hat der Kirchenvorstand meine Bitte, Myrie eine Zeitlang eine kleine Wohnung unentgeltlich zur Verfügung zu stellen, abgelehnt. Deshalb wohnt sie noch bei mir. Ich kann sie doch nicht auf die Straße setzen. Von dem kleinen Honorar für ihre Hilfe in der Kirche kann sie keine Miete bezahlen."
„Pah, dann muss sie eben woanders jobben!"
„Sie wissen, wie schwierig es ist, in den Orten der Umgebung einen Job zu finden. Fast alle unsere jungen Leute ziehen in die größeren Städte, weil sie dort bessere Verdienstmöglichkeiten haben."
„Warum sollte ich eine wildfremde Person unterstützen? Ich bin zwar reich, aber werfe doch mein Geld nicht zum Fenster heraus. Wieso sind Sie eigentlich so überzeugt davon, dass diese Myrie nicht den Brand gelegt hat? Die Polizei wird sicherlich Beweise für ihre Schuld haben!"
„Ich glaube nicht, dass sie so verhältnismäßig dicht beim Tatort geblieben wäre, wenn sie schuldig ist. Sehen Sie, Amanda, sie hat doch ihren Mut und ihr gutes Herz bewiesen, als wir gestern mit der Gruppe verunglückt sind. Sie hätte sich lediglich

nur selbst retten und eventuell Hilfe holen können. Stattdessen hat sie, ohne an sich selbst zu denken, mit blutenden Händen geholfen, wo sie konnte, bis alle gerettet waren. Sie ist keine Verbrecherin, glauben Sie mir!"

Er sandte ihr einen bittenden Blick und zwang sich, ihre Hand zu ergreifen, mit dem Erfolg, dass ihre versteinerte Miene sofort weich wurde. Sein Blick wurde noch eindringlicher.

„Wenn Sie uns nicht helfen, Amanda, dann weiß ich nicht weiter. Das Gefängnis von Lemmling hat einen schlechten Ruf. Wer weiß, was man mit ihr macht. Sie muss dort unbedingt weg. Ich bitte Sie, Amanda, geben Sie Ihrem Herzen einen Stoß. Ich weiß zwar nicht, was ein guter Rechtsanwalt nimmt, aber ich mache Ihnen einen Vorschlag. Sobald ich meine Vikarausbildung abgeschlossen habe, zahle Ihnen den Betrag in hohen Raten und mit Zinsen zurück. In Ordnung?"

Amanda Bedinghomer sah ihn forschend an. Zu ersten Mal seit Beginn ihres Gespräches schwieg die gewichtige Dame.

Raven spürte förmlich, wie sie über seine Bitte grübelte.

Noch immer hielt er ihre Hand, deren Hitze unangenehm in seine Handfläche strömte. Schließlich schenkte sie ihm ein huldvolles Lächeln.

„Sie scheinen sehr um das Seelenheil dieser Landstreicherin besorgt zu sein, Raven." Ihre Stimme klang spöttisch und gleichzeitig zog sie ihre Finger aus seinem Griff. Dann seufzte sie huldvoll.

„Aber gut, meinetwegen, Sie sollen die Unterstützung bekommen. Und noch mehr, ich schicke gleich morgen meine beste Anwältin nach Lemmling, damit sie sich Informationen holen kann und Myrie betreut. Sie werden sehen, es wird nicht lange dauern, bis sie frei ist. Selika Küliger ist eine erstklassige Rechtsanwältin und hat bisher jeden Prozess für mich gewonnen."

Er atmete auf und lächelte sie erleichtert an.

„Ich danke Ihnen von ganzem Herzen, Amanda. Ich wusste, dass Sie eine große Menschenfreundin sind. Der Herr wird es Ihnen danken!"

Er vermied es, nochmals nach ihrer feuchten Hand zu greifen und erhob sich zum Gehen. Das Bedürfnis, umgehend zu Ulf Peters fahren, um ihn zu informieren, übermannte ihn. Außerdem wurde die Anspannung von einer aufsteigenden Übelkeit im Magen verdrängt, die er dem vielen Kuchen zuschrieb.

„Moment!" Amandas energische Stimme hielt ihn zurück. „Es gibt da eine winzige Bedingung, Raven. Nein, eigentlich ein

Wunsch oder ein Kompromiss, den Sie mir gewähren müssen, damit ich Ihnen helfe."

„Natürlich! Ich erfülle Ihnen jeden Wunsch, Amanda. Um was geht es?", erwiderte er eifrig. Angst brach hervor. Angst, dass sie es sich noch überlegen würde.

Amanda wuchtete sich schwerfällig aus dem buntgeblümten Plüschsessel, hakte sich mit plötzlicher übertriebener Fröhlichkeit bei ihm ein und führte ihn zum Fenster des Salons. Während sie ihm ihren Wunsch eines Kompromisses erörterte, wurde Raven immer blasser.

Doch schließlich versprach er schweren Herzens, die Bedingung Amandas zu erfüllen, sobald Myrie frei war.

Eilig verließ er das monströse Anwesen. Ihm war zum Speien übel. Erst als er sein Auto erreichte, holte er tief Luft und pustete sie mit aller Kraft wieder hinaus.

Er schloss die Augen und versuchte die dort tanzenden bunten Punkte zu vertreiben.

„Es ist für Myrie!", flüsterte er leise, um sich zu beruhigen. „Lieber Gott, du bist mein Zeuge, vergib mir bitte, ich tue es nur für Myrie!"

Untersuchungshaft

Der Geruch von feuchtem Mörtel drängte sich zuallererst in ihr Unterbewusstsein. Er kratzte in der ausgedörrten Kehle.

Myrie fühlte eine klebrige Masse an den Lidern, die es ihr schwer machte, diese zu öffnen. Sie wischte sich über die Augen, um sich davon zu befreien.

„Das ist nur Blut." Eine rauchige Stimme kam von der gegenüberliegenden Wand. „Ha`m dich zusammengeschlagen, was Mädel, diese Bullenschweine? Ja, mit Frauen gehen die nicht zimperlich um. Hast eine Wunde an der Stirn."

Es handelte sich tatsächlich um Blut, allerdings war es inzwischen getrocknet und verklebte ihre Augen.

Sie fuhr sich mit dem Ärmel ihres Shirts über die Lider und wischte die aufkommenden Tränen weg.

Nicht wegen der harten Schläge des Wachhabenden, der sich als derjenige entpuppte, dem sie mit aller Wucht einen Denkzettel in sein bestes Stück versetzt hatte, oder wegen seines hämischen Blickes, weil man sie endlich gefasst hatte, stand sie am Abgrund ihrer Verzweiflung. Nein, in ihr saß der Schock über die Behauptung in den Knochen, sie wäre eine Mörderin. Die Scham darüber, dass der Vikar und ihre anderen neuen Freunde entsetzt mitangesehen hatten, wie man sie in Handschellen abtrans-portierte und jetzt vermutlich das Aller-schlimmste von ihr dachten, drückte ihre Kehle zu. Unfähig war sie gewesen, nur ein einziges Wort zu ihrer Verteidigung zu sagen.

Sie hatte Raven niemals die ganze Wahrheit gesagt, immer in der Hoffnung, dass niemand aus Lemmling darauf kommen würde, wo sie sich aufhielt.

Sie fühlte sich als Opfer eines Komplottes in diesem Ort. Vermutlich hatte sich der Polizist, mit dem klangvollen Namen Seizinger, an dem sie sich gerächt hatte, die Behauptung mit dem Mord aus den Fingern gesogen.

Wen sollte sie getötet haben? In dem Wirbel um ihre Person bei ihrer Ankunft hatte ihr niemand erklärt, was überhaupt geschehen war. Man nannte sie nur immer wieder eine zweifache Mörderin, Feuerhexe und anderes. Seizinger hatte sie gepackt, ins Nebenzimmer gestoßen und sie mehr-mals kräftig geohrfeigt. Sie hatte sich nicht wehren können, denn stramme Hand-schellen fesselten ihre Hände auf dem Rücken. Erst als sie benommen zu-sammengebrochen war, hielt er inne und rief seinen Kollegen.

Als dieser sie hochzerren wollte, mussten ihr endgültig die Sinne geschwunden sein.

Langsam richtete sie ihren Oberkörper von der harten Matratze auf. Sie linste durch ihre schmerzenden geschwollenen Augen. Gegenüber an der beschmierten Wand lehnte eine massige Dunkelhäutige in einem türkisfarbenen Kaftan.
„Ich heiße Myrie", stellte sie sich schüchtern vor. Die Frau grunzte nickend.
„Ja ja, ich weiß, die Feuerhexe von Lemmling. Hier spricht man ja seit Wochen von fast nichts anderem mehr. Ich bin Big Mama! Bleib wo du bist, verstanden? Sonst breche ich dir die Arme. Wäre vielleicht genau das Richtige, dann kannst du keine Brände mehr legen. Aber die Bullen haben dich ja gefilzt und du besitzt keinen Streichholz mehr, Feuerhexe!"
 Der barsche Ton flößte Myrie Furcht ein. Die Worte trafen sie bis tief hinein in ihre Seele.
„Wieso nennen mich denn nur alle Feuerhexe?", erwiderte sie verzweifelt.
„Na hör mal, das muss du doch am besten wissen", knurrte die Frau. „Immerhin hältst du den Ort doch seit Wochen in Atem mit deinen Brandstiftungen. Dumm nur, dass letztes Mal der Bruder vom Bürgermeister mit samt seinem Freund draufgegangen ist. Davor hast du dich wenigstens nur mit Klauen abgegeben! Aber bei Mord hört die Sache auf. Schau mich an. Habe immer nur Läden geknackt.

Aber Menschenleben riskiert? Nein, das habe ich nie."

 Myrie sah sie betroffen an und schüttelte verzweifelt den Kopf.

„Nein, nein, glaub mir bitte, Big Mama. Ich bin nicht die Brandstifterin. Ich ziehe zwar übers Land und habe keinen festen Wohnsitz, jedenfalls bis vor einigen Wochen, doch ich würde niemals jemanden etwas zu Leide tun. Ich ging zufällig an dem Haus vorbei, als es drinnen plötzlich fürchterlich knallte und sofort schlugen Flammen aus den Fenstern. Irgendjemand schrie ganz fürchterlich. Die gesamte Umgebung zitterte. Ich war so geschockt, dass ich stehengeblieben bin. Ich hatte schreckliche Angst. Diese entsetzlichen Flammen ...!" Den letzten Satz hatte sie nur geflüstert.

 Big Mama sah sie nun mitleidig aus ihren Schweinsäuglein an.

„Das wird dir hier keiner abnehmen, Kleines", brummte sie und zuckte mit Achseln. „Die haben krampfhaft nach einem Schuldigen gesucht und dich dazu auserkoren. Du warst zur falschen Zeit am falschen Ort. Du bist in einer verflixten Klemme. Daraus wird dir kein Pflichtverteidiger helfen können. Die sind alle geschmiert. Jedenfalls die im Ort. Niemand wird sich mit dem Bürgermeister anlegen wollen. Es wird ein Scheinprozess werden, in dem der Schuldige bereits feststeht."

Schwer ließ sie sich auf ihre Pritsche fallen, dass der Metallrahmen erzitterte.

Myrie weinte mit hängendem Kopf leise in sich hinein, während sich ihre Hände ineinander verkrampften. Sie fühlte sich so entsetzlich hilflos.

Klar erkannte sie, dass ihr niemand helfen würde. Eine schreckliche Angst kroch in ihr hoch. Die Angst, für immer in einer winzigen muffigen Zelle eingesperrt zu sein. Niemals mehr das Sonnenlicht erblicken zu dürfen. Dieser Gedanke schnürte ihr den Brustkorb so zu, dass sie zu ersticken glaubte.

Fast instinktiv begann sie ein leises Gebet zu sprechen, das sie einst bei den Nonnen gelernt hatte. Die gefalteten Hände gegen einander gepresst, flüsterte sie mit bebenden Lippen das Vater Unser. Immer wieder und wieder. Die tief im Inneren verwurzelten Worte waren das einzige, was sie jetzt zustande brachte. Kein anderer Satz oder nur ein weiteres Wort, welches nicht in das Gebet passte, kam über ihre Lippen. Ihr Kopf schmerzte stärker als zuvor. Sie vergrub ihn in das dünne, nach Schweiß riechende Kissen auf ihrer Metallpritsche und schluchzte betend bis sie erschöpft einnickte.

Big Mama beobachtete die Zellengenossin mitleidig, aber auch mit plötzlicher Hochachtung.

‚Nein‘, dachte sie, ‚nein, sie konnte nicht die Feuerhexe sein. Nicht dieses voll Inbrunst betende Mädchen.‘

Die verdammten Bullenkerle hatten sich geirrt. Willkür war am Werk, nur damit diese intriganten Gesetzeshüter einen Erfolg vorweisen konnten. Doch welch eine Chance hatte die Kleine schon, den Klauen der Machenschaften in Lemmling zu entkommen?

Hatte man sich hier einmal gegen jemanden verschworen, gab es kein Entkommen. Das wusste sie aus eigener Erfahrung. Sie selbst würde es schaffen, hier heraus zu kommen, weil Jimmy sie bald abholen käme. Diebe konnten gegen Kaution frei gekauft werden. Und ihr Bruder Jimmy hatte Beziehungen. Aber die Kleine war verloren.

Die Rechtsanwältin

Hinter dem kleinmaschigen Gitter im kargen Besucherraum des Untersuchungsgefängnisses saß eine elegante Brünette mit stahlblauen Augen und musterte die verängstigte junge Frau ihr gegenüber, die nervös versuchte, das Zittern ihrer Hände unter Kontrolle zu bringen.

Schon nach den ersten Minuten wurde sich Selika Küliger bewusst, in welch einer prekären Lage sich Myrie befand. Es würde ein hartes Stück Arbeit werden, die Richter von ihrer Unschuld zu überzeugen.

Offensichtlich hatte sich ganz Lemmling gegen sie verschworen.

Schon im Vorraum der Wache, in der sie herausfinden wollte, wo Myrie untergebracht war, verweigerte man ihr zuerst den Zutritt zum Inhaftierungstrakt. Erst als sie damit gedroht hatte, den Bezirksstaatsanwalt einzuschalten, gab man ihr zögernd Auskunft über den Grund der Festnahme, brachte sie in den Besucherraum und holte die sichtlich erschöpfte Gefangene. Ohne Zweifel war Myrie misshandelt worden. Auf ihrer Stirn zeichnete sich ein Bluterguss ab und über dem rechten Augenlid war ein Riss zu erkennen, der nur notdürftig verarztet worden war. Selika machte sich diesbezüglich Notizen. Sie verkniff sich einen

Seufzer und schaffte es, dem Mädchen aufmuntert zuzuzwinkern.

„Myrie", flüsterte sie. „Erzählen Sie mir ganz genau, was Sie an diesem Abend getan haben. Woher Sie kamen, wohin Sie gegangen sind. Jede Einzelheit könnte wichtig sein. Ich will versuchen, die Verhandlung zu beschleunigen und Sie auf Kaution frei zu bekommen."

„Ich habe kein Geld, um Sie zu bezahlen, Frau Küliger. Eine Kaution kann ich ebenfalls nicht bieten." Fast klanglos kam dieser Satz heraus.

„Nennen Sie mich bitte Selika", bat die Rechtsanwältin und bedachte sie mit einem aufmunternden Blick. „Und wegen des Geldes machen Sie sich keine Gedanken. Das ist alles geregelt. Sie haben Freunde in Hejdekov, die Ihnen helfen."

„Wer?"

„Das ist im Moment nicht wichtig!"

Selika hatte ihrer Klientin Amanda versprechen müssen, Myrie nicht über ihre Hilfsbereitschaft aufzuklären. Deshalb fuhr sie schnell fort. „Sondern nur, dass Sie frei gelassen werden. Nun gut, erzählen Sie. Wir haben nur eine viertel Stunde, bis man mich wieder rauswirft."

Also berichtete Myrie von ihrer Wanderung durch das kalte Winterland, ihrer Einkehr in den Bahnhofsmissionen und wie sie sich plötzlich vor dem brennenden Haus wiederfand, vor dem man sie verhaftete. Auch über den Annäherungsversuch des Polizisten und der Reaktion von dessen Kollegin, sowie über ihre Flucht setzte sie Selika Küliger in Kenntnis, die entrüstet zuhörte und alles aufschrieb.

Kurz bevor der Wachhabende den Besuch der Rechtsanwältin abbrach, horchte diese bei einer Bemerkung Myries auf.

„Es war so, wie früher im Waisenhaus, diese schrecklichen Flammen haben mich zu Tode erschreckt."

„Sie scheinen fürchterliche Angst vor Feuer zu haben", hakte Selika nach. „Was ist denn damals geschehen?"

Nur zögernd erzählte Myrie das grausige Erlebnis aus ihrer Kindheit, obwohl sie inzwischen Zutrauen zu der sympathischen Frau gefasst hatte. Doch die Rechtsanwältin lockte geduldig Teilchen für Teilchen der entsetzlichen Erinnerungen aus Myrie heraus, bis sie von dem Wachhabenden unfreundlich zum Gehen aufgefordert wurde.

Beim Abschied versprach sie Myrie, alles Erdenkliche für einen schnellen Prozess zu tun und bald wiederzukommen.

Selika Küliger strich sich noch einmal das halblange brünette Haar hinter die Ohren, bevor sie die Jacke ihres mausgrauen Kostüms zurechtzog und sich mit einem möglich selbstbewussten Gesichtsausdruck für das Plädoyer erhob.

Der Staatsanwalt hatte die Anklage vorgebracht. Nun war es an ihr, diese zu entkräften.

Vom Richterpult trafen sie auffordernde Blicke aus eisgrauen Augen. Es handelte sich um die Augen des Bezirksrichters.

Sie war stolz darauf, es innerhalb von zwei Tagen geschafft zu haben, den strengen Bezirksrichter John Bartholo davon überzeugt zu haben, den Fall Myrie van der Rieck sofort für eine Vorverhandlung anzusetzen.

Richter Bartholo war ein alter Freund ihres Vaters, der als Staatsanwalt tätig war. Die Beiden hatten gemeinsam Jura studiert. Ihre Freundschaft bestand immer noch, obwohl Gregor Küliger weit weg in einer Großstadt sein Werk fortsetzte, um, wie er immer behauptete:
Dem Unrechten ein Ende zu setzen!
John kannte sie also schon von Kindesbeinen an. Und doch musste sie ihm zuerst eine Reihe guter wichtiger Gründe nennen, ehe er sein weißes Haupt zu einem Nicken neigte. Als sie ging, hatte er sie jedoch davor gewarnt, dass sie durch ihren

Einsatz gegen den Ort Lemmling vielleicht ihre Existenz gefährdete, sollte sie den Prozess verlieren.

Noch in der Nacht, nach dem Besuch bei der Gefangenen und später bei John, brütete sie über die Verteidigungsrede. Sie trank einen starken Kaffee nach dem nächsten, um sich wach zu halten und feilte an der Formulierung bis die Augenlider zu schwer wurden.

Nachdem sie einige wenige Stunden geschlafen hatte, war sie erneut zu Myrie ins Gefängnis geeilt, allerdings nicht bevor sie Amanda über den Gerichtstermin informiert hatte.

Mit gespielter Zuversicht hatte sie der zutiefst unglücklichen Myrie dargelegt, dass sie versuchen werde, sie bis zur Hauptverhandlung auf Kaution frei zu bekommen.

Die Hoffnungslosigkeit in deren Augen gab ihr einen herben Stich und zu gern hätte sie in diesem Augenblick die junge Frau tröstend in ihre Arme genommen. Doch zwischen ihnen war das Gitter gewesen und so begnügte sie sich damit, Myrie einen herzlichen aufmunternden Blick zu schenken.

Heute saß die junge Frau zwischen zwei Gerichtswachen, klein und blass, die Hände fest ineinander gepresst, den Kopf gesenkt.

Als Mordverdächtige war es ihr nicht vergönnt bei ihrer Verteidigerin zu sitzen. Man wollte nichts riskieren. Der Prozess war nach Kremkov gelegt worden, der nächst größeren Bezirksstadt, da es in Lemmling kein Gerichtsgebäude gab.

Selika war sehr froh darüber, dass die Verhandlung auf *neutralem* Boden stattfand, obwohl sie vermutete, dass der Bürgermeister von Lemmling auch in Kremkov politische Freunde besaß.

Nun straffte sie sich noch einmal und begann mit dem Plädoyer und ihrer Forderung auf Freilassung gegen Kaution.

Myrie spürte die neugierigen Blicke von den Zuschauerrängen fast körperlich, den forschenden, missgünstigen Hass, der ihr von den Einwohnern Lemmlings entgegen gebracht wurde, welche extra heute erschienen waren. Sie zitterte vor Anspannung.

Sie traute sich nicht, genauer hinzusehen, um sich zu vergewissern, ob auch jemand aus Hejdekov anwesend war.

Die nette Rechtsanwältin hatte ihr erzählt, dass einige Leute aus dem freundlichen Ort als Zeugen auftreten sollten. Doch trotz eines raschen Blickes in die Menge war es Myrie nicht gelungen, irgendeinen ihrer Freunde zu entdecken.

Wie durch einen Schleier nahm sie nur bleiche verschwommene Köpfe wahr. Die harten metallenen Handschellen an ihren Gelenken schmerzten entsetzlich.

Die Polizisten der Gefängniswache hatten sie rabiat behandelt, geschubst und gestoßen bis sie fast hingefallen war und hatten ihr die Fesseln regelrecht an die Hände angeschlagen.

Selika begann mit einer euphorischen Rede und zog binnen Sekunden die gesamte Aufmerksamkeit des Raumes auf sich. Sie besaß eine warme und Sympathie gewinnende Stimme.

Myrie hob, sich in diesem Moment unbeobachtet fühlend, ein wenig den Kopf und sah zum Richter auf dem Podium, einem älteren Herrn in schwarzer Robe.

Der lauschte mit verschränkten Armen, zurückgelehnt und offensichtlich hoch konzentriert den Ausführungen der Rechtsanwältin.

Als ob er ihren Blick gespürt hatte, richtete er in diesem Moment sein Augenmerk auf die Anklagebank. Einen Lidschlag lang dachte sie, er hätte ihr beruhigend zugezwinkert, doch sofort wandte er den Kopf mit einer warmen Aufmerksamkeit der Verteidigerin zu.

‚Ich bilde mir schon unmögliche Dinge ein‘, dachte sie. Warum sollte er auch Mitleid oder Verständnis für sie aufbringen? Für ihn war sie sicherlich nur ein Fall, dazu noch ein unangenehmer.

„Hohes Gericht, verehrte Geschworene“, fuhr die Anwältin gerade mit fester Stimme fort. „Ich habe Zeugen, die bestätigen können, dass die Angeklagte eine extreme Angst vor Feuer hat und dadurch gar nicht in der Lage ist, einen Brand zu legen. Ein traumatisches Kindheitserlebnis bewirkt bei ihr sofort eine Panik, wenn ein größeres Feuer entfacht wird. Ich werde diese Zeugen vorladen. Sie benötigen jedoch einen längeren Anfahrtsweg, da sie von außerhalb kommen, so dass ich einerseits um Vertagung des Verfahrens bitte, zweitens jedoch einen Antrag auf Freilassung meiner Mandantin gegen Kaution stelle!“

„Moment, Moment! Einspruch Euer Ehren!“, rief der Staatsanwalt empört.

„Frau Küliger, Sie verlangen doch nicht allen Ernstes, eine Mörderin auf freien Fuß zu setzen? Wer will denn wissen, wem sie als nächstes auflauert!“

„Ich muss doch sehr bitten, Herr Staatsanwalt!“, fuhr sie ihn ungnädig an. „Die Schuld der Angeklagten ist bisher nicht bewiesen. Ich bin überzeugt davon, dass sie unschuldig ist. Sie wird niemanden etwas zuleide tun, wenn sie frei ist! Zudem gibt es Sicherheiten. Einige Leute aus Hejdekov wollen sich für sie verbürgen und sie bei sich unterbringen.“

„Das ist doch lächerlich!" Patrick Seizinger, der Polizist aus Lemmling, war aufgesprungen. „Natürlich ist sie die Feuerhexe. Schließlich hat man sie gesehen! Die Hejdekover werden ihre Freude an ihr haben, wenn sie wieder zuschlägt!"

„Richtig!", kreischte eine Frau aus dem Publikum. „Selbst verbrennen sollte man sie, dieses Luder!"

Beifälliges Stimmengewirr folgte, aber auch empörte Proteste über diese Forderung. Der Richter hob die Glocke, von der er sonst selten Gebrauch machen musste, und läutete sie energisch.

„Ruhe! Sonst lasse ich den Saal räumen!"

Die Leute verstummten, nur noch einzelnes leises Geflüster war zu hören.

Myrie traten die Tränen in die Augen über diese offene Feindseligkeit. Krampfhaft schluckte sie, um nicht laut los zu schluchzen und verbarg ihr Gesicht in den Händen.

„Euer Ehren!", begann Selika erneut und sah John Bartholo bittend an. „Es gibt noch einen wichtigen Grund, Myrie van der Rieck aus der Untersuchungshaft zu beurlauben. Die Angeklagte wurde in der Untersuchungshaft geschlagen und misshandelt. Weder bei Schuldigen noch Unschuldigen darf man ein derartiges Vorgehen der Lemmlinger Polizei billigen. Die dortigen Beamten haben sich ganz klar eines Dienstvergehens schuldig gemacht. Meine Klientin muss umgehend aus diesem Einflussbereich entfernt werden. Darauf beruht mein Antrag auf Freilassung gegen Kaution. Ich stelle hiermit außerdem in ihrem Namen Strafanzeige wegen Körperverletzung gegen die zwei Lemmlinger Polizeibeamte und fordere eine Untersuchung der Vorgänge durch eine unabhängige Stelle. Des Weiteren würde ich ganz gern meine Zeugen aus Hejdekov zusammen mit den auswärtigen Zeugen in einer Verhandlung aufrufen. Deshalb bitte ich um eine Vertagung des Verhandlungstermins. Eine Kaution steht bereit. Ebenfalls die Bürgschaft, dass meine Klientin nicht flüchtet. Frau Bedinghomer aus Hejdekov wird Fräulein van der Rieck für die Zeit bis zur Verhandlung bei sich aufnehmen und für sie bürgen." Ihre Hand wies zur rechten Seite des Raumes auf die vollbesetzten Zuschauerbänke.

Myrie zuckte unwillkürlich zusammen und starrte nun doch in die Zuschauerkulisse des Gerichtes. Da saßen sie: Amanda Bedinghomer neben Vikar Raven, Pastor Peters und seiner Frau sowie einige andere bekannte Gesichter.

Myrie fing den aufmunternden Blick des Vikars auf. Sie hatten sie nicht vergessen. Hejdekov stand hinter ihr.

Und was ihr am wichtigsten war: Raven glaubte an sie. Sie merkte, wie sich ihre Augen mit Tränen füllten und diese langsam brennend über ihre Wangen rannen vor Dankbarkeit in ihrer Hilflosigkeit. Man gab ihr eine Chance, welche sie ergreifen konnte, wenn der Richter zustimmte.

Trotz des sich wieder erhobenen heftigen Tumultes ihrer Gegner, drang die Stimme von Richter Bartholo an ihre Ohren. Er verkündete die einstweilige Verfügung über die Kaution und ihre Freilassung bis zur Hauptverhandlung. Er trug Myrie auf, sich jederzeit zur Verfügung zu halten. Sie durfte bis dahin das Haus von Amanda Bedinghomer nicht verlassen.

Myrie nahm nur noch wie durch Watte war, wie ihr die Handschellen abgenommen wurden.

Selika Küliger legte einen Arm um sie und nahm sie bei der Hand, um sie im Schutze der Hejdekover aus dem Saal zu einem Kleinbus zu führen, mit dem wohl die Delegation des Ortes angereist war.

Auf der Rückfahrt wurde sie von den Frauen im Wagen mit Tausenden von Fragen bestürmt. Sie kam kaum dazu, zu antworten. Schließlich sprach Ulf Peters ein Machtwort.

„Leute, lasst sie doch erst mal zu sich kommen. Merkt ihr denn nicht, wie schlecht es ihr geht und wie bleich sie aussieht?"

In der Tat fühlte sich Myrie schwindlig, müde und fiebrig. Ihr Kopf hämmerte bei jedem Geräusch. Ihr war, als wenn sie jeden Moment umkippen würde.

Biggi, die neben ihr saß, nahm beruhigend ihre Hand.

„Es kommt alles wieder in Ordnung, Kleine. Wir boxen dich da raus. Die Menschen in Hejdekov stehen auf deiner Seite. Sie glauben nicht, dass du etwas mit dem Feuer zu tun hast. Bei Amanda ruhst du dich erst einmal aus, ja!"

„Ich habe Ihnen bereits ein Zimmer zurecht machen lassen", ergänzte diese in einem etwas hochmütigen Tonfall. „Später können wir dann über die Bedingungen reden, wie wir Ihre zeitweise Unterbringung bei mir handhaben werden und wie wir Sie beschäftigen können."

Bei Amanda

Hausarrest! Aber immer noch besser als die stinkende dunkle Zelle in Lemmling. Fern von Beschimpfungen, weit weg von den Misshandlungen, die man ihr zugefügt hatte.

‚Klar, hilflos bin ich weiterhin, aber bei Menschen, die es gut mit mir meinen‘, dachte Myrie bei sich. Sie seufzte.

Es war ihr immer noch schleierhaft, warum hatte sie ausgerechnet die exzentrische Amanda Bedinghomer bei sich aufgenommen. Diese Frau war ihr weder sympathisch noch verband sie sonst irgendetwas mit ihr. Bis zu Myries Verhaftung hatten sie beide noch nie ein Wort miteinander gewechselt.

Amanda behandelte sie zwar nicht unfreundlich, jedoch ziemlich von oben herab. Sie hatte einen Arzt kommen lassen, der all die Prellungen und kleinen Verletzungen behandelte.

Am dritten Tag nach der Freilassung und Ankunft auf dem ausgedehnten Anwesen der Bedinghomers erklärte sie ihr allerdings bereits, welche Aufgaben sie für das Entgegenkommen und die Hilfe zu erfüllen hätte. Schließlich bezahle sie ja die gesamten Prozesskosten.

Warum sie dies tat, dahinter war Myrie noch nicht gekommen. Aber Dienstmagd wäre die richtige Bezeichnung gewesen, obwohl ihre Gönnerin es anders formulierte. Myrie sei unter anderem für die Bedienung der Gäste zuständig und deren gab es in den nächsten Tagen genug.

Irgendwie gaben sich die Einwohner Hejdekovs die Klinke in die Hand.

Vermutlich kamen sie aus Neugier wegen Myrie, die aber jedes Mal das Zimmer verlassen musste, sobald aufgedeckt war. Wegen der Besucher musste natürlich laufend die Tischwäsche besorgt und die Möbel in den drei Esszimmern poliert werden. Tische decken, Tische abräumen. Geschirr aus dem Schrank, Geschirr in den Schrank.

Für jede Handlangertätigkeit wurde sie gerufen, obwohl noch andere Dienstmädchen im Haus waren. Zusätzlich oblagen sämtliche Pflanzen im Haus ihrer Obhut. Die Blumen versorgte sie allerdings liebend gern.

„Wir wollen ja nicht, dass Sie sich langweilen, nicht wahr", hatte Amanda leutselig erklärt. Ansonsten sollte sie sich von den Schlafzimmern und der guten Stube, einem pompös ausgestatteten Raum, fernhalten.

Es wurde ihr gestattet, den hinteren Garten vom Wintergarten aus zu betreten, damit sie frische Luft bekam, durfte das Grundstück aber nicht verlassen.

Myrie hatte stumm genickt, dass sie verstand. Was hätte sie auch sonst tun können? Froh, den Peinigern in Lemmling entkommen zu sein, spielte es keine Rolle, bei wem sie ihren Arrest verbrachte und was sie dort tat.

Nach dem vorläufigen Gerichtsbeschluss lag es in Amandas Verantwortung, dass Myrie nicht floh. Dafür war zusätzlich eine hohe Kaution hinterlegt worden.

Dies allein war schon ein Grund, sich mit Amanda Bedinghomer zu arrangieren, sympathisch oder nicht!

Ihre Courage bewunderte Myrie genauso wie die Geschicklichkeit ihrer Anwältin. Im Grunde ihres Herzens war sie dankbar, dem Schlund des Gefängnisses entkommen zu sein.

Nur eines betrübte sie sehr, Vikar Raven ließ sich nicht einmal blicken, um sich zu erkundigen, wie es ihr ginge. Am nächsten Tag nach ihrer Ankunft hatte er ziemlich wortkarg ihre Sachen zu Amanda gebracht und war schnell wieder verschwunden.

Myrie kuschelte sich tiefer in die warme Wolldecke in schrillem Gelb. Sie saß im schwach beheizten und unbeleuchteten Wintergarten der vornehmen Bedinghomer Villa zwischen üppigen Gummibäumen und Oleanderkübeln.

Es war ein Ort, der inzwischen zu ihrem Lieblingsplatz geworden war. Ein Hauch

Bergamotte zog durch das Glashaus, genauso wie durch fast alle Räume des riesigen Gebäudes. Der Dunst der atmenden Pflanzen, die hier zum Schutze gegen die Kälte überwinterten, schlug sich auf den großen Scheiben nieder.

Von hier aus konnte Myrie nur die verschwommenen Umrisse der hohen Kiefern und Kastanien am naheliegenden Waldrand erahnen. Feuchter Nebel stieg aus ihren Kronen empor, denn obwohl es noch Februar war, stiegen die Temperaturen über den Gefrierpunkt.

Die Sonnenstrahlen hatten die Schneemassen innerhalb weniger Tage fast vollständig geschmolzen. Ein Eichelhäher flog dicht an die Veranda heran und ließ seinen keckernden Ruf ertönen. Er weckte Myrie aus ihrer Melancholie.

Wie spät war es eigentlich? Schon Zeit, um das Frühstück vorzubereiten?

Die Hausherrin erwartete heute Gäste zum Brunch. Ravens Mutter war vor einigen Tagen eingetroffen. Diese brandneue Nachricht geisterte seit gestern durch den Küchenbereich.

Sofort soll Amanda eine Einladung an sie herausgeschickt haben. Vermutlich würde Raven sie begleiten. Insgeheim freute Myrie sich darauf, ihn endlich wiederzusehen.

Seit ihrer Verhaftung hatte er sich nicht bei ihr blicken lassen. Sie war im Zwiespalt, was sie davon halten sollte. Vielleicht bot sich ja eine Gelegenheit, mit ihm zu sprechen, genauso mit Pastor Peters, der ebenfalls eingeladen war.

Sie stemmte sich energisch aus dem Korbsessel hoch und legte sorgfältig die Decke zusammen.

Plötzlich erschrak sie.

War da außen an der Scheibe nicht eine Bewegung gewesen? Ein blankes Gesicht, welches sich gegen das Fensterglas gedrückt hatte? Sie warf vorsichtig einen unbehaglichen Blick nach draußen, traute sich jedoch nicht, die große Glastür aufzuschieben, um genauer nachzusehen.

Doch so sehr sie sich auch bemühte, sie konnte nichts mehr erkennen, was dem glich, das sie eben meinte gesehen zu haben.

Myrie atmete tief durch und begab sich in die Küche, während der Schauer in ihrem Rücken noch nachklang.

Grimmige Vorfreude

Die Gestalt löste sich aus der Nische der Hauswand.

‚Glück gehabt‘, dachte der kleine Mann im schwarzen Overall. Sie hatte ihn offensichtlich nicht gesehen. Fast wäre er seiner Neugier zum Opfer gefallen. Dabei wollte er nur wissen, wie die Frau, die sie die Feuerhexe nannten, von Dichtem aussah. Sie war eine zarte Schönheit. Ein grünäugiger Engel aus einer anderen Welt.

‚Ha, die Lemmlinger waren strohdumm.‘

Er wusste, dass das kleine Grünauge die Feuer nicht gelegt hatte.

Oh ja, er kannte die Wahrheit! Die ganze Wahrheit! Doch sollten sie ruhig noch ein wenig ihre Intrigen flechten, ihre Spielchen treiben und ihre Gerichtstermine durchziehen. Fast hätte er laut aufgelacht, als der Staatsanwalt die Anklage vorlas.

Aber diese intelligente Rechtsanwältin, die süße Brünette, war ein Juwel. Ihre Argumente trafen den Kern.

Er hatte im Gerichtssaal in der letzten Zuschauerreihe gesessen und alle beobachtet, als sie sprach.

Bestimmte Leute begannen bereits vor Angst zu schwitzen bei solch einer Kompetenz. Besonders der Bürgermeister, dieser ehrgeizigen Trottel. Man erkannte es an seinem Gesicht.

Diese Anwältin würde es bestimmt schaffen, die Unschuld des harmlosen Mädchens zu beweisen, natürlich mit dem Geld der reichen Dame in Hejdekov.

Die Lemmlinger Polizei hatte kaum etwas in der Hand, außer einer Zeugenaussage, die besagte, dass sich die junge Frau zum Zeitpunkt des Feuers vor dem Haus befunden hatte.

Dieser Zeuge war sicherlich bestochen worden. Aber die Wahrheit über den Brand, die kannten nur zwei Leute.

Einer davon war er!

Und die andere Person setzte inzwischen alles daran, die Tatsachen zu vertuschen, um der Angelegenheit eine Richtung zu geben, die von der Wahrheit ablenkte.

Im Grunde genommen war er selbst kein böser Mensch, aber seine Rache musste sein. Zu tief hatte ihn dieser korrupte Bürgermeister ihn da hineingerissen.

Jetzt würde der für seine Ignoranz büßen Irgendwann würde der große Knall folgen. Er grinste.

Ja, der große wunderbare Knall!

Die Offenbarung, seine Rache!

Die Eröffnung

Ravens Mutter saß auf dem gemütlichen, allerdings etwas kitschigen Plüschsofa neben ihrer Gastgeberin und lauschte deren recht lauten überschwänglichen Begrüßungsworten.

Amanda konnte sich gar nicht beruhigen, so erfüllt war sie mit der Freude, die Mutter ihres Freundes Raven kennenzulernen. Ihr gerüschtes cremefarbenes Kleid bauschte sich um die pompöse Figur, der Busen wogte. Sie plapperte bereits seit einer halben Stunde auf ihre zehn Gäste ein. Es handelte sich um enge Freunde der Gastgeberin.

Dorothees Magen knurrte und sie fühlte sich ziemlich fehl am Platz. Raven hatte ihr davon abgeraten, zu frühstücken, da er Amandas Vorliebe für üppige Mahlzeiten inzwischen mehrfach kennengelernt hatte.

So waren sie mit leerem Magen losgefahren.

‚Wenn ich noch lange hier sitze, falle ich von der Sofakante‘, dachte sie.

Sie warf ihrem Sohn einen genervten Blick zu. Er zuckte kaum merklich mit den Achseln.

Dorothee überlegte, welch eine Verbindung wohl zwischen den Beiden bestand.

Weshalb ging er mit ihr aus? Weshalb dieser Besuch hier? Er hatte ihr doch in seinen Briefen und am Telefon von der netten Myrie vorgeschwärmt. So war sie zu der Ansicht gekommen, dass ihr Sohn endlich eine Frau fürs Leben gefunden hatte. Nun gut, das Mädchen steckte in Schwierigkeiten. Doch jeder im Ort war überzeugt, dass man sie zu Unrecht beschuldigte. Dorothee war auch bekannt, dass Amanda sie bis zur Verhandlung beherbergte und dass sie für die Kosten der Anwältin aufkam.

War das vielleicht der Grund, dass es Raven hierher zog? In ein Ambiente, das ihm normalerweise wiederstrebte?

Dorothee beschloss das Ganze zu beobachten. Sie würde schon noch dahinter kommen, was hier ablief. Gesehen hatte sie das Mädchen jedoch noch nicht.

Endlich machte Amanda eine einladende Geste zum Nachbarzimmer, in dem ein reichhaltiges Büfett gedeckt war.

Ein zierliches Mädchen mit weißer Schütze kam herbei und bot ihnen Kaffee und Sekt an. Ihre Augen trafen sich.

Ravens Mutter ließ fast die Kaffeetasse fallen, als sie in diese ernsten grünen Augen im, vom ockerfarbenen Haar umrahmten, Gesicht sah. Schnell fasste sie sich wieder und hielt die Tasse mit beiden Händen fest, während Myrie mit gesenktem Kopf eingoss.

Ockerfarbenes Haar und dazu diese Smaragdaugen mit den schwarzen Punkten, wo hatte sie so etwas schon einmal gesehen? Sie kamen ihr unglaublich bekannt vor.
„Sind Sie Myrie?", fragte sie leise.
Myrie hob den Kopf und nickte.
„Raven hat mir schon viel von Ihnen erzählt", erklärte Dorothee sanft. „Wenn Sie einmal Zeit haben, würde ich mich gern mit Ihnen unterhalten. Ich bin seine Mutter."
 Ein schwaches Lächeln flog über Myries Gesicht.
„Ja, sehr gern, Frau Sander. Im Moment muss ich mich allerdings um das Bedienen kümmern."
„Natürlich! Wir werden schon noch Zeit dafür finden."
 In diesem Moment erklang das Klingen von einem gegen ein Glas geschlagenen Löffel. Amanda stand wie ein strahlender Rauscheengel mit dem Sektglas in der Hand vor einer riesigen Zimmerlinde, deren Zweige sie zu umarmen schienen. Dorothee verkniff sich ein Grinsen.
‚Wie ein ausladender Federhut', dachte sie, rief sich aber schnell zur Ordnung. Eigentlich war es nicht ihre Art, sich über andere lustig zu machen.
„Meine lieben Freunde!", begann Amanda divenhaft. Dabei trat sie mit einem Schritt

neben Raven und zwinkerte ihm verschwörerisch zu. „Raven und ich haben Ihnen ... euch ...", sie neigte leicht ihren Kopf ihren besten Freunden zu, „eine frohe Botschaft mitzuteilen." Jetzt hakte sie sich fest in den Arm des Vikars und lächelte ihn verführerisch an. „Wir haben uns gestern verlobt!"

Sie hob ihre linke Hand, an der ein glänzender Ring steckte.

„Ach du liebe Zeit!", entfuhr es Biggi Peters, was ihr den mahnenden Blick ihres Gatten einbrachte, dessen Miene allerdings größte Überraschung aufwies.

Amanda hatte diese Bemerkung offensichtlich nicht gehört, denn sie hatte Raven zur selben Zeit einen herzhaften Kuss auf den Mund gedrückt.

Dieser verzog etwas die Mundwinkel und sah gequält zu seiner Mutter hinüber, die ihn sprachlos anstarrte. Dann riss er sich zusammen, legte der Gastgeberin seinen Arm leicht um die Schulter und nickte den Anwesenden mit einem aufgesetzten Lächeln zu.

„Ja, wir haben uns geeinigt, in ein paar Wochen zu heiraten. In aller Stille sozusagen, sobald der Prozess vorbei ist."

Hinter Dorothee klappte die Tür. Kurz erkannte sie noch den Schopf von Myrie durch das milchige Butzenglas, dann war er verschwunden.

‚Ach, du meine Güte, das arme Ding‘, schoss es ihr durch den Kopf. Am liebsten wäre sie hinterhergegangen. Doch dann atmete sie tief durch und ging auf das Verlobungspaar zu.

‚Jetzt bloß freundlich bleiben‘, dachte sie. Ein weiteres Mal fragte sie sich, weswegen ihr Sohn diesen Schritt getan hatte.

Beherrscht lächelnd reichte sie Amanda ihre Hand.

„Na, da muss ich wohl gratulieren.“

„Danke, liebe Schwiegermutter in Spe“, säuselte ihr Gegenüber.

Dorothee kräuselten sich die Nackenhaare. Ernst sah sie ihrem Sohn in die Augen. Spiegelte sich dort ein Hauch der Verzweiflung. Sie kannte ihn gut genug, um zu erkennen, dass er etwas tat, was er eigentlich nicht wollte.

„Und du hast mich nicht vorgewarnt?“, tadelte sie ihn. Ob er wohl zwischen den ausgesprochenen Worten die Anklage seiner Mutter zur Wahl seiner Braut spürte? Seine Wangen verfärbten sich jedenfalls rötlich.

„Tut mir Leid, Mutter. Es kam so überraschend.“

‚Und wie überraschend, mein Kind‘, dachte sie. ‚Du wirst mir noch Einiges erklären müssen.‘

Ulf Peters war herangekommen, nachdem er seine erste Verblüffung unter Kontrolle hatte und schlug ihm kameradschaftlich auf die Schulter.

„Du erstaunst mich immer wieder, mein Junge. Du und heiraten, was für ein Wunder!"

„Lass die Wunder aus dem Spiel!" Biggi stieß ihn ihre Faust in die Rippen. „Warum soll er nicht heiraten? Wird doch Zeit! Er ist doch alt genug." In ihren Augen aber funkelte Entsetzen.

Nach und nach reihten sich die anderen Gäste in die Schlange der Gratulanten ein. Es wurde nachgefragt und lachend bemerkt, wie das Paar die Hejdekover getäuscht habe. Niemand hatte eine Romanze der Beiden erkannt. So ging es einige Stunden, mittendrin aalte sich Amanda ob der gelungenen Überraschung und der Gewissheit, den Vikar endlich für sich zu haben. Gut, es hatte sie eine Stange Geld gekostet, aber ihr auch bei den Ortansässigen den Ruf einer Wohltäterin eingebracht.

Zwischen Schokokuchen und Hackbratlingen sinnierte sie, welch ein Glück es für sie doch gewesen sei, dass das Hejdekover Findelkind in diese massiven Schwierigkeiten gekommen war.

Myrie hockte zusammengekrümmt zwischen einem Oleanderbusch und einem Ficus im verdunkelten Wintergarten und heulte sich die Enttäuschung aus dem Leib.

Zuerst waren die Worte Amandas gar nicht richtig zu ihr vorgedrungen. Doch als Raven mit seiner warmen Stimme die Bestätigung gab, war Myrie, als würde ihr Herz in tausend Scherben zersplittern.

Sie konnte gerade noch verhindern, dass ihr das Tablett mit den Gläsern aus den zitternden Händen fiel, indem sie es auf das Sideboard schob. Dann war sie schnellstens aus dem Raum geflüchtet. Sollte sie ihre Verlobungsgäste doch selbst bedienen, ihre Retterin in der Not.

Nun hockte sie hier verzweifelt unter den Grünpflanzen, versteckt hinter den eleganten Korbstühlen, während der Garten langsam von einer sanften Dämmerung überzogen wurde.

„Was war ich blind", schluchzte sie in den Zipfel der Wolldecke, die sie um ihren Körper geschlungen hatte und dachte dann aber sofort ernüchtert: ‚Was soll ein so gut aussehender Mann wie Raven auch mit einer Landstreicherin wie mir, einem Nichts? Da gab es andere hübsche Mädchen im Ort, die ihm zu Füßen lagen.'

Aber ausgerechnet Amanda Bedinghomer, ausgerechnet die Frau, in deren Haus sie jetzt lebte. Was war, wenn Raven hier einzog oder das Paar sich unter demselben Dach, unter dem Myrie sich befand, ihrer Liebe hingaben? Konnte sie das ertragen? Nein, auf keinen Fall, das wusste sie mit Gewissheit. Bebend rang sie die kalten Händen.

‚Ich kann hier nicht bleiben! Das halte ich nicht aus.‘ Bisher war ihr nie klar gewesen, wie sehr sie den Vikar mochte, ja sie liebte ihn und das wurde ihr zum ersten Mal bewusst und nun zum Verhängnis.

‚Ich bin hier gefangen, gefangen bis zum Ende des Verfahrens im Haus meiner Nebenbuhlerin.‘ Was für eine Ironie. ‚Nebenbuhlerin? Welch ein Wort. Du bist ein Nichts!‘, rief sie sich wieder zur Ordnung. ‚Ohne Heimat, ohne Anhang. Niemand will dich. Vielleicht nur für kurze Zeit, aber auf Dauer bist du allen lästig.‘

Heiße Tränen rannen ihr die Wangen hinab, die Augen brannten, während ein tiefes Schluchzen sie erfasste.

So saß sie Stunden an das kalte Glas gedrückt unter dem schützenden Dach der Pflanzen hinter einem der eleganten Korbstühle, bis sie schließlich in einen erlösenden Schlummer fiel.

Die kleine Feier hatte sich bis halb zehn Uhr hingestreckt. Amanda war sehr beschwipst gewesen und hielt sie immer wieder vom Gehen zurück, bis Dorothee barsch erklärt hatte, sie wäre sehr müde und müsse dringend nach Hause.

Nun saßen sie endlich im Auto und fuhren die drei Kilometer zum Ortsrand, wo ihre Wohnung lag. Kaum war der Wagen gestartet, da erwachte Ravens Mutter aus ihrer gespielten Müdigkeit und schimpfte los.

„Kannst du mir mal erklären, was das soll!" Ihre Stimme hörte sich ein wenig schrill an, was er so gar nicht von ihr kannte.

Aber sie drückte nicht das übliche beleidigt sein aus, welches manchmal durch kam, wenn er sie nicht vorab in seine Pläne eingeweiht hatte.

Diesmal sprühten die Worte voller Unmut auf ihn ein. Er wusste natürlich, woher das kam, aber er würde es ignorieren. Er warf ihr einen kurzen Seitenblick zu.

„Mutter, ich bin erwachsen. Du musst es schon mir überlassen, welche Wahl ich treffen. Du wolltest doch so gern, dass ich eine Frau finde. Nun habe ich eine gefunden. Jetzt ist dir das auch nicht Recht."

Sie rümpfte die Nase.

„Mein Lieber, du liebst diese Frau nicht, weshalb dann eine Verlobung? Und was noch schlimmer ist, du willst sie tatsächlich heiraten. Ich begreife dich nicht. Ist es das Geld? Nimmst du sie etwa wegen ihres

Vermögens? Das überträfe alle wirklich Geschmacklosigkeiten, die ich kenne."

„Ich habe meine Gründe", murmelte er und starrte stur auf die Straße.

Im gewissen Sinne handelte es sich ja tatsächlich um Amandas Geld, nur wegen eines anderen Grundes, als sich jeder vorstellen konnte.

Sein Freund Ulf hatte ihn vorhin zur Seite genommen, ihn angeguckt, als wollte sein Blick ihn durchbohren und gesagt: „Sieht so deine große Liebe aus, mein Freund?"

Er hatte nichts erwidert, sondern nur matt das Glas an die Lippen gesetzt. Die wissenden Augen seines Freundes ruhten lange Zeit auf ihn, bis Raven sich beschämt abwandte. Dann fühlte er die warmen Finger auf seiner Schulter.

„Überleg dir gut, was du tust, Raven?", klang leise Ulfs Stimme hinter ihm. „Vielleicht werden Menschen dabei unglücklich, nicht zuletzt auch du selbst."

Raven hatte sich seinerseits dem Freund wieder zugewandt.

„Es gibt keine andere Lösung."

Ja, das waren seine Worte gewesen, doch so überzeugt war er inzwischen nicht mehr davon. Gab es eine Möglichkeit, wie man die Uhr zurückdrehen konnte ohne Schaden anzurichten?

Er hatte einen Teufelspakt geschlossen für Myrie, war blind in die Krallen seines

Unglücks gerannt. Dabei war ihm sein Plan zuerst so genial vorgekommen. Doch da hatte er nicht mit der Schlauheit von Amanda Bedinghomer gerechnet.

Nun saß er in ihrer Falle! Ohne Verlobung keine Anwältin, ohne Heirat keine Kaution, das waren Amandas Bedingungen gewesen. Und er hatte verzweifelt zugestimmt.

Dorothee war nicht der Typ, sich so schnell von schlechten Nachrichten umhauen zu lassen.

Einige Stunden nächtlichem Schlaf, eine gute Tasse Kaffee und zwei Brötchen und ihre Laune war wieder auf dem Höhepunkt.

Nachdem Raven sich zum sonntäglichen Gottesdienst verabschiedet hatte; seine Mutter war der Meinung, dass sie dem Beten genüge tat, wenn sie es täglich zu Hause und höchstens alle zwei Wochen in der Kirche tat; jedenfalls nachdem die Tür ins Schloss gefallen war, rief sie ihre beste Freundin Veronica in der Stadt Adelaide in Australien an, bei der sie die letzten Wochen verbracht hatte.

Perfekte Rache

Das nächtliche Schweigen war fast greifbar. Lediglich ein schwacher Windhauch ließ die nahestehenden Ulmen flüstern.

Obwohl die Person mit der Geschmeidigkeit eines Pumas in gebückter Haltung an der Hauswand entlang schlich, knirschte von Zeit zu Zeit der grobe Kies unter den weichen Sohlen.

Ein dünner Faden Benzin floss aus dem gelben Kanister zentimeterdicht neben dem Mauerwerk.

‚Nur wenige Tropfen werden genügen‘, überlegte die Person grimmig.

Die Revierwache war an der Südwand mit dicken Holzpaneelen verschalt.

Die Flammen konnten ungehindert in die Höhe züngeln und an ihnen emporklettern, ohne dass irgendjemanden etwas geschah. Eine perfekte Rache für die Missachtung der Vereinbarungen.

Bald fanden die Bürgermeisterwahlen statt, bald kam die Entscheidung.

Er war darauf vorbereitet, seine Mission der Rache zu beenden.

Verdacht

 Das schrille Klingeln der Türglocke ließ Amanda Bedinghomer aus den Federkissen hochschnellen. Sofort setzten Herzklopfen und maßlose Kopfschmerzen ein. Sie fiel zurück und presste die Hände gegen ihre Schläfen. Ihr Kopf war kurz vor dem Explodieren. Wieder läutete es, dieses Mal länger und dringender.

,Verdammt, wo war Myrie nur? Sie sollte dem Störenfried endlich öffnen.' Doch das erbarmungslose Läuten nahm kein Ende. Heute war Sonntag, fiel Amanda ein. Die Köchin hatte frei. Die Hausherrin wälzte sich mühsam aus dem Bett, schlüpfte in ihre Pantoffeln und warf sich den seidenen Schlafrock über. Wütend schlurfte sie die große Treppe hinunter und riss energisch die Haustür auf.

„Sind Sie verrückt geworden, solch einen Lärm zu machen!", donnerte sie los.

 Im ersten Moment prallten die beiden Beamten der Ortspolizei erschrocken zurück. Sie kannten die Dame des Hauses natürlich, waren jedoch völlig überwältigt, ihr in derart knapper Bekleidung zu begegnen. Der flüchtig übergeworfene Morgenrock verbarg kaum die üppigen Rundungen unter dem rosafarbenen fast durchsichtigen Negligee.

„Donnerwetter!", entfuhr es Hauptwacht-meister Michel Bremer von der Bezirks-polizei.

Dann fing er Amandas empörten Blick auf und fügte schnell hinzu: „Ich meine, in Lemmling hat es heute Nacht wieder einen Feueranschlag gegeben, wie ein Donner-wetter soll es explodiert sein."

Sein jüngerer Kollege Schmader hüstelte hinter vorgehaltener Hand und lief feuerrot an. Bremer klopfte ihm auf den Rücken.

„Hat 'ne Erkältung, der Junge", erklärte er Amanda schnell. Er vermied es, sie ge-nauer anzusehen, sondern fixierte fana-tisch den goldenen Türknauf der riesigen Glastür. „Also, wie gesagt, in Lemmling hat es gebrannt!"

„Und?" Amanda zog die Augenbrauen hoch. „Und deswegen wecken Sie mich?"

„Tja", erwiderte Schmader, immer noch gegen seinen Hustenreiz ankämpfend, „es geht um Fräulein Myrie, wir sollen fest-stellen, ob sie hier ist. Es wurde der Verdacht geäußert, dass sie wieder ... !"

„Myrie? Schnickschnack, die war doch hier, denke ich jedenfalls."

„Denken Sie?" Bremers Stirn fiel in Falten.

In diesem Moment brauste ein heller Sportwagen heran und setzte sich neben das Polizeiauto.

Selika Küliger sprang heraus. Mit forschen Schritten bewältigte sie die zehn Stufen zum Eingangsportal. Auch sie war nicht so adrett gekleidet und hergerichtet wie üblich. Das Haar war unfrisiert, aber gekämmt im Gegensatz zu Amandas fülliger Mähne. Die hellblaue Winterjacke stand offen und ließ den Blick frei auf ein lockeres Sweatshirt und verwaschene Jeans. Dies alles bekümmerte die Rechtsanwältin nicht. Herausfordernd baute sie sich vor den beiden Polizisten auf.

„Ah, die Herren Wachtmeister sind bereits eingetroffen?" Zu Amanda gewandt sagte sie: „Ich möchte sofort mit Myrie reden!"

Ergeben trat diese einen Schritt zur Seite, um sie einzulassen.

„Wo ist sie?", flüsterte Selika ihr beim Vorbeigehen zu. Amanda zuckte leicht mit den Achseln, so dass die Anwältin die Stirn kräuselte. „Sie müsste in ihrem Zimmer sein."

Schon wollte sie die Tür vor den Beamten verschließen, da meinte Bremer höflich, aber bestimmt: „Frau Bedinghomer, wir müssen uns davon überzeugen, dass Fräulein Myrie hier ist. Lassen Sie uns bitte herein. Ich weiß, wir haben keinen Durchsuchungsbefehl, aber trotzdem bitte ich Sie darum. Es ist für Myrie das Beste."

Mit einer unwirschen Handbewegung delegierte Amanda den Besuch ins Foyer des Hauses. Erst jetzt entdeckte sie ihr Konterfei im Spiegel der gegenüberliegenden Wand und wurde blass. Schnell zog sie den Morgenrock fester über ihren Busen zusammen und versuchte mit einer Hand das Haar ein wenig zu richten. In ihrem Kopf pochte es entsetzlich. Am liebsten wäre sie in ihr Schlafzimmer geflüchtet, um sich schnell zurecht zu machen. Doch wegen der Situation um Myrie ließ sie bleiben. Von ihrem eigenen Dilemma abzulenkend, fragte sie in die Runde: „Kann mir bitte endlich jemand sagen, was dieser Aufruhr hier soll? Was ist eigentlich genau passiert?"

Bremer räusperte sich und nahm eine dienstliche Haltung an.

„In Lemmling wurde erneut ein Brandanschlag verübt. Diesmal hat es die Revierwache getroffen. Die halbe Wache ist abgebrannt, bevor die Feuerwehr den Brand unter Kontrolle bringen konnte."

„Oh, das tut mir jetzt aber *sehr* Leid!", entgegnete Amanda verächtlich. „Wurde jemand verletzt?"

„Nein, das nicht, aber man fand eine gelegte Benzinspur und einen Kanister", ergänzte Schmader eifrig. „Der diensthabende Polizist konnte gerade noch aus dem Gebäude flüchten."

Amanda fühlte, wie ihre Beine plötzlich puddingweich wurden. Wortlos bat sie die Anwesenden in den Salon und ließ sich in einen der Sessel fallen.

„Wir hatten hier gestern eine kleine Feier. Ich weiß nicht, wann ich Myrie zuletzt gesehen habe.“
Selika war noch stehengeblieben.
„Wenn es dir Recht ist, Amanda, hole ich Myrie jetzt aus ihrem Zimmer zu uns.“
 Amanda nickte, doch durch ihren Kopf schwirrten tausend Gedanken und Fragen. Warum war Myrie nicht an die Tür gegangen? Das tat sie sonst immer. Um diese Zeit war sie normalerweise in der Küche und damit beschäftigt das Frühstück herzurichten.
 Vielleicht war sie weggelaufen und mit ihr wäre dann auch die Kaution zum Teufel. War sie eventuell doch der Feuerteufel? Welch ein Gedanke!
 Ihr Blick fiel auf die wartenden Beamten, die etwas betreten im Raum standen und sich unauffällig umsahen. Schritte waren aus dem Nebenzimmer zu hören.
 Amanda hielt es nicht mehr in ihrem Sessel. Sie stemmte sich hoch und drückte die Flügeltür zum Wohnzimmer auf, an welches der pflanzenbestückte Wintergarten grenzte.
 Bremer und Schmader folgten ihr sofort. Mitten im Raum stand die Rechtsanwältin. Als sie eintraten, sah man, wie sie innerlich mit sich kämpfte, ehe sie sprach.
„Ich konnte sie in den oberen Zimmern nicht finden und in der Küche ist sie auch

nicht. Ich dachte, ich sehe hier noch mal nach."

Überraschtes Erschrecken, auch in den Augen der beiden Polizisten. Jeder der Anwesenden hatte damit gerechnet, dass Myrie zumindest im Hause sei. Und nun das!

Michel Bremer fuhr sich mit der Hand durch das gegelte Haar.

„Das habe ich nicht vermutet. Ich dachte, sie ist hier und außerhalb jeden Verdachts. Aber so ...!" Er seufzte. „Nun können wir ihr nicht mehr helfen."

„Sie war es nicht!", stieß Selika hervor. „Sie hat riesige Angst vor Feuer!"

„Feuer ... !", klang es furchterfüllt vom Wintergarten her.

Jeder fuhr herum. Selika war zuerst bei den Korbmöbeln. Sie kniete nieder.

„Myrie! Meine Güte, was machen Sie denn hier?"

Sanft half sie dem Mädchen zwischen den Blumen hervor. Myrie sah schrecklich aus. Die Augen verquollen, das Haar zerwühlt, zitterte sie fröstelnd am Arm der Anwältin. Diese legte ihr schnell die heruntergerutschte Decke wieder um die Schultern.

Amanda pustete erleichtert die angestaute Luft aus den Lungen.

„Natürlich, hier war sie. Es ist doch ihr Lieblingsplatz. Das ich nicht vorher darauf gekommen bin. Da hätten wir als erstes suchen sollen.‟

Man merkte, wie es Bremer unwohl wurde, als er antwortete:

„Na ja, das ist ja alles schön und gut, aber es beweist nicht, dass sie die ganze Nacht hier war.‟

Die Anwältin funkelte ihn mit einer Schärfe in den Augen an, die ihn dazu veranlasste, von einem Bein auf das andere zu wippen.

„Herr Bremer, haben *Sie* in der letzten Nacht jemanden bei sich gehabt, der beweisen kann, dass Sie in *Ihrem* Bett geschlafen haben?‟

Kollege Schmader kicherte. Bremer war als eingefleischter Junggeselle bekannt. Dieser überging die Bemerkung.

„Trotz allem ist es notwendig, Fräulein Myrie zum Verhör ins Hejdekover Polizeirevier mitzunehmen. Wir müssen eine Aussage aufnehmen!‟, konterte er ohne viel Überzeugungskraft.

„Das kommt gar nicht in Frage‟, wehrte Selika ab. „Ihr Protokoll können Sie auch hier aufnehmen. Außerdem ist sie gar nicht in der richtigen Verfassung für eine Fahrt. Und sie hat Hausarrest!‟

Sie hatte Myrie bereits in den Korbsessel gedrückt und rieb ihr während des Gesprächs die Oberarme warm. Langsam bekam Myrie etwas davon mit, was sich um sie herum abspielte. Sie rieb sich über die Augen und versuchte, sich zu konzentrieren. Ihr Blick wanderte von den Polizisten zur Anwältin.

„Selika, was ist überhaupt passiert?" Dabei fiel ihr Blick auf Amanda, die, an die Tür des Wintergartens gelehnt, die Szenerie beobachtete. Schlagartig kamen die Erinnerungen des Vortages zurück.

Myrie kämpfte um ihre Fassung. Selika nahm ihre kalten Hände und schaute sie mit einer Herzenswärme an, die Myrie etwas Sicherheit vermittelte.

„Es gab wieder einen Brandanschlag", erzählte Selika. „Diesmal auf die Revierwache in Lemmling."

Myrie schnappte nach Luft.

„Als erstes verdächtigt man natürlich Sie", fuhr die andere fort. „Aber keine Sorge, Sie haben dieses Haus ja gar nicht verlassen."

Myrie nickte sofort.

„Und vor allem", schaltete sich Amanda jetzt ein, „wie sollte sie mitten in der Nacht nach Lemmling kommen und dann auch noch rechtzeitig zurück? Außerdem hat sie gestern Abend meine Gäste bedient. Das kann jeder bezeugen."

Myrie hob überrascht die Augenbrauen wegen der ungeahnten Hilfe. Das hatte sie nicht erwartet. Immerhin hatte sie gedacht, sie wäre Amanda gleichgültig und jetzt stellte sich diese schützend vor sie. Im Inneren kämpften Dankbarkeit und eine gehörige Portion pochende Eifersucht miteinander.

„Und wann sind die Gäste gegangen?", fragte Bremer, immer unsicherer werdend.

„Gegen zehn, halb elf Uhr, denke ich", entgegnete Amanda spitz. Dann schaute sie Myrie von oben bis unten an. „Da! Sie trägt dieselbe Kleidung wie gestern Abend. Sie glauben doch nicht wirklich, dass sie bei dieser Kälte in einem kurzen Kleid hinaus ist, um das Lemmlinger Revier anzuzünden. Dann müssten Sie wohl Straßenstaub oder Benzingeruch an der Kleidung feststellen."

Der Polizist bedachte das Mädchen mit einem prüfenden Blick und zückte sein Notizbuch. Dann beugte er sich zu ihr hinüber. „Warum haben Sie die Nacht im kalten Wintergarten verbracht?"

Sie senkte den Blick. Die ganze Wahrheit konnte sie ihm nicht sagen, besonders nicht vor den Frauen.

„Ich war völlig übermüdet", antwortete sie schließlich. „Es war wohl etwas zu viel gestern. Ich ... wollte nur ein wenig Ruhe. Dann muss ich eingeschlafen sein. Es tut mir sehr leid." Der letzte Satz war an Amanda gerichtet, die ihr, wohl zum ersten Mal, seit Myrie sie kennengelernt hatte, ein offensichtlich herzliches Lächeln schenkte.

„Na sehen Sie, Herr Bremer, es löst sich alles auf!" Amanda warf ihm einen triumphierenden Blick zu.

Der Beamte hatte bereits einige Notizen in seinem Buch festgehalten:
,Nach Zeugenaussagen hat die Verdächtige Myrie van der Rieck, das Haus von Fräulein Amanda Bedinghomer nicht verlassen. Als Zeugen der Aussage sind Andre Schmader, Polizeiwachtmeister, sowie Michel Bremer, Polizeioberwachtmeister anwesend.

Weitere Zeugen: Frau Rechtsanwältin Selika Kügeler und Amanda Bedinghomer.'
„So, wenn Sie dies unterschreiben würden." Er hielt den Frauen das Buch und den Stift entgegen und ließ sie alle unterschreiben. Dann grüßte er höflich und warf Myrie noch ein warmes Augenzwinkern zu, bevor er mit seinem Kollegen zum Ausgang stapfte.

„Warum um alles in der Welt hocken Sie die ganze Nacht im Wintergarten!", polterte Amanda los, nachdem sie die Tür ins Schloss fallen hörten. Myrie schluckte mit niedergeschlagenen Lidern.

„Ich muss plötzlich eingeschlafen sein. Entschuldigung ... ", flüsterte sie.

„Mach ihr keine Vorwürfe, Amanda", besänftigte sie Selika. „Wahrscheinlich war sie durch die Feier gestern erschöpft. Komm, lasst uns in den Salon gehen und die Türen zum Wintergarten schließen. Wie wäre es mit einem warmen Tee? Hat deine Köchin Ausgang, Amanda? Sie geht doch sonst an die Tür."

„Seit Myrie hier ist, gebe ich ihr am Wochenende meist frei, wenn keine großen Essen anstehen. Dann kocht das Mädchen für uns beide." Sie fuhr sich durch die roten Locken. „Ich muss mich erst einmal frischmachen und anziehen. Myrie kann den Tee machen. Du kannst ja aufpassen, dass sie nicht wieder verlorengeht."

 In den letzten Worten schwang eine Portion Spott mit, so dass Selika entrüstet den Kopf schüttelte. Doch ihre Freundin war schon über die Treppe verschwunden, bevor sie ihr eine passende Erwiderung an den Kopf werfen konnte.

„Nehmen Sie es ihr nicht übel", raunte Selika Myrie zu und legte fürsorglich einen Arm um sie. „Wir haben alle einen ordentlichen Schreck bekommen, als wir Sie nicht fanden. Bin ich froh, dass Sie hier sind. Somit haben wir gute Chancen für einen Freispruch. Der Feuerleger hat uns einen guten Dienst erwiesen."

„Aber man hat ihn doch nicht erwischt, oder?", fragte Myrie, während sie Wasser in den Kessel laufen ließ.

„Nein, bisher noch nicht, aber ...", Selikas Stimme wurde leise. „Es geht ein Gerücht, dass heute Morgen ein Bekennerbrief bei Richter Bartholo eingegangen sein soll.

Wenn das stimmt, wären Sie vollends entlastet." Sie lachte. „Also, wir haben sehr gute Karten!"

Ein Bekennerbrief? Zum ersten Mal seit Wochen glitzerte ein Funken Hoffnung in Myries Augen. Ihr Herz begann wieder zu atmen, die beklemmende Schraubzwinge, die sich seit ihrer Verhaftung immer enger um sie gezogen hatte, lockerte sich ein wenig. Freiheit! Bald würde sie wieder die Freiheit genießen können, freigesprochen von jeder Schuld und Schande. Sie könnte dieses Haus verlassen und auch Hejdekov. Sollte es wirklich so etwas wie eine göttliche Gerechtigkeit geben, auch für sie, die so selten das Glück auf ihrer Seite hatte? Die selbstbewusste Sicherheit, die ihre Anwältin ausstrahlte, sprang auch auf sie über. Sie lächelte glücklich und fasste Selika an den Händen.

„Ja, ich werde wieder frei sein. Danke, dass Sie so viel für mich tun!"

„Ich werde mich sofort um einen neuen Gerichtstermin kümmern. Wir sollten möglichst bald die Verhandlung ab-schließen. Lassen Sie uns morgen noch einmal alles durchsprechen, was wir in der Verhandlung vorbringen wollen. Ich bin gegen Abend bei Ihnen. Tagsüber habe ich noch einige andere Termine. In Ordnung?"

Die positive Energie von Selika übertrug sich auf Myrie wie ein ansteckender Virus.

Beschwingt hob sie das Tablett mit dem Tee an und trug es in den Salon. Nachdem sie zwei Tassen eingeschenkt hatte, wandte sie sich dem Aufgang zu.

„Ich muss mich auch frisch machen und umziehen. Ich komme dann wieder herunter. Entschuldigen Sie mich bitte kurz."

Selika lächelte ihr aufmunternd zu. „Natürlich! Tun Sie das."

Mit einem Aufatmen sank die Anwältin in die Seidenkissen auf dem Korbsofa.

Erst jetzt merkte sie, wie erleichtert sie war, dass sich Myrie doch in Hejdekov aufhielt. Für einen Moment hatte sie daran gezweifelt, hatte starke Bedenken wegen der Unschuld ihrer Mandantin gehabt. Aber zum Glück war alles gutgegangen.

Fester denn je schwur sie sich, dem Mädchen aus ihrem Unglück herauszuhelfen.

Aufgrund ihres guten Drahtes zum Richter erreichte die Anwältin, dass kurzfristig ein neuer Verhandlungstermin angesetzt worden war.

Drei Tage später hielt Selika Küliger das Plädoyer im Saal des Gerichtes in Kremkov. Der Saal war fast überfüllt.

Aus Hejdekov schien beinahe Jedermann angereist zu sein und die Lemmlinger Vornehmen saßen bereits seit einer Stunde auf ihren Plätzen, gierig endlich den

Fortlauf der Verhandlung zu ihren Gunsten miterleben zu können. Schon bei der Ansprache der Anwältin verhärteten sich jedoch ihre Mienen.

Selika hatte das Unmögliche geschafft und Schwester Janice, die inzwischen die Achtzig weit überschritten hatte, innerhalb zweier Tage aus Frankreich in den Zeugenstand geholt. Zusätzlich würde Amanda die Anwesenheit von Myrie in ihrem Haus bezeugen und die Polizisten Schmader und Bremer dies bestärken.

Mit überzeugender Aussagekraft schilderte zuerst einmal die Dame aus Frankreich, was Myrie im Waisenhaus erlebt hatte und bekundete damit deren Furcht vor Flammen und ihren guten Charakter. Dann folgten die anderen Zeugen. Sogar einige der älteren Damen aus der Seniorengruppe hatten sich freiwillig in den Zeugenstand begeben und von Myries Einsatz beim Busunfall berichtet.

Dies war Selika Küliger nur Recht gewesen. Je mehr Menschen ein gutes Bild von der Angeklagten zeichneten, desto besser. Zu guter Letzt nahm Selika eine Kopie des Bekennerschreibens aus ihrer grauen Mappe heraus und las die ersten Worte vor.

Im Zuschauersaal erhob sich ein Tumult. Einige Lemmlinger Zuschauer sprangen

von ihren Sitzen. Der Lemmlinger Bürgermeister pöbelte die Anwältin an:
„Das ist doch alles gefälscht! Ein Kom-
plott! Sie haben die Zeugen bestochen. Sie
sollten des Amtes enthoben werden. Ich
werde Sie verklagen …!"
„Ruhe!", brüllte Richter Bartholo unwirsch
und schlug mit einem Holzhammer auf das
Eichenpult. Die Leute verstummten.
 Der Bürgermeister warf dem Richter einen
finsteren Blick zu, schwieg aber. Mit einem
Nicken gab der Richter der Rechtsanwältin
einen Wink fortzufahren, was diese sofort
tat. Sie hob das Blatt in ihren Händen.
„Den Damen und Herren beim Gericht sei
gesagt, heißt es weiter im Bekenner-
schreiben, dass diejenigen, welche das
Mädchen beschuldigen, sich nicht im
Klaren darüber sind, was noch auf das
Teufelsnest Lemmling zukommt. Doch eure
Suche wird vergeblich sein, euer Jammern
umsonst, der unsichtbare Racheengel ist
unterwegs. Die Mauern Lemmlings werden
brennen und die Schuldigen werden ihrer
gerechten Strafe zugeführt."
Selika blickte zu den Zuschauerrängen.
„Was immer in diesem Ort vor sich geht",
fuhr sie gedämpft fort, indem sie sich zu
den Geschworenen umdrehte, „es hat
nichts mit meiner Mandantin zu tun."
„Lemmlings Bürger scheinen sich den
Hass eines Psychopathen zugezogen zu

haben. Und dies lange, bevor Myrie den Ort betrat. Es gab schon mehrere Brände in den letzten Monaten. Unaufgeklärte Feuer! Myrie kam auf ihrer Wanderung zufällig vorbei, als sich der Brand im Haus des Bruders des Bürgermeisters ereignete. Jeder von uns wäre vor Schreck erstarrt, wenn er plötzlich mit einer Explosion und dem darauffolgenden Feuer konfrontiert gewesen wäre. Und jeder von uns wäre furchterfüllt weggelaufen und sei es nur, um Hilfe herbei zu holen."

Ihr Blick wanderte kurz über das Publikum, um dann zurück zu den Geschworenen zu kommen.

„Meine Mandantin kannte niemanden aus dem Ort. Sie lief durch die Straßen, um etwas zum Essen und eine Unterkunft für die Nacht zu suchen. Sie war auf dem Weg zur Bahnhofsmission. Warum um alles in der Welt, sollte sie da mal kurz ein Haus in Brand stecken? Ein Haus, in dem fremde Leute wohnten. Ein sicheres Haus, welches mit Alarmanlagen ausgerüstet war. Das Alarmsystem sprang aber erst an, als das Feuer schon voll im Gange war. Wie war das möglich? War der Feuerleger vielleicht sogar ein Bekannter? Ein Ortsansässiger, vertraut mit den Gegebenheiten?"

Ein Raunen ging durch die Geschworenen, das sich über die Zuschauerbänke fortsetzte. Dumpfes Gemurmel war zu vernehmen. Die Anwältin bemerkte es zufrieden. Sie hatte die Geister in Bewegung gesetzt. Jetzt hieß es nur, die Zweifel an der Anklage schüren.

„Warum wird in dem Bekennerbrief Lemmling ‚das Teufelsnest' betitelt?" Sie sah offen auf die Reihen im Saal, wo der Bürgermeister mit den Lemmlinger Abgesandten saß. „Der Feuerleger hegt ganz offensichtlich einen gewaltigen Hass auf Ihren Ort. Er kündigt weitere Anschläge an. Sie sollten überlegen, wer da mit Ihnen abrechnen will! Haben Sie irgendjemanden arg auf die Füße getreten?"

„Frau Rechtsanwältin!", knurrte der Richter halbherzig. „Bleiben Sie bei der Sache." Doch als sie ihn ansah, glitzerte ein Funken versteckte Bewunderung in den Augen ihres väterlichen Freundes.

 Sie senkte kurz den Kopf, ließ einige Sekunden verstreichen und ging dann bis an die Bänke der Geschworenen heran. „Überlegen Sie gut, meine Damen und Herren, ob es diesem Mädchen tatsächlich zuzutrauen ist, solch eine schändliche Tat zu begehen. Denken Sie über die Aussagen meiner Zeugen nach, die beweisen, dass Myrie an dem fraglichen Tag zum ersten Mal in Lemmling war. Die Aussagen belegen ihre Wanderung von Ort zu Ort in einem Umkreis von einhundert Kilometern. Die Helfer der Missionen konnten ziemlich genau die Zeitpunkte belegen, an denen Myrie bei ihnen in den Missionen zum Schlafen eingekehrt war. Bedenken Sie auch die Aussagen der Zeugen, die den Charakter und die Sanftmütigkeit von Myrie beschrieben haben. Sie ist meines Erachtens nicht fähig, ein Feuer zu legen. Ja, sie wäre nie fähig, einem Menschen Leid zuzufügen. Ich plädiere daher auf Freispruch von allen Anklagepunkten! Ich halte außerdem an der Anzeige wegen Körperverletzung und der Misshandlung meiner Klientin gegen die Polizisten der Lemmlinger Revierwache fest, die ich dem Herrn Richter bereits schriftlich eingereicht habe. Ich danke Ihnen, meine Damen und Herren.“

Noch einmal streckte sie sich, nickte der Geschworenenbank zu und setzte sich dann. Richter Bartholo erhob sich.

„Das Gericht und die Geschworenen ziehen sich jetzt zur Urteilsfindung zurück.“

Myrie wurde in einen bewachten Nebenraum geführt. Selika durfte sie begleiten.

Das Gerichtspublikum schlenderte durch die Gänge oder stand mit einem Kaffee aus dem Automaten an den Seiten und unterhielt sich über die vorzügliche Argumentation der Verteidigung.

Die Lemmlinger hielten sich etwas abseits auf. Der Bürgermeister war von einer Traube seiner Anhänger und Wähler umgeben. Fragen prasselten unbarmherzig auf ihn nieder.

Was er denn zu den Mutmaßungen der Rechtsanwältin meine? Ob er sich vorstellen könnte, dass es doch einen anderen Feuerteufel gäbe? Was wäre, wenn ... usw., bis schließlich sein Handy klingelte.

Er zog sich in eine Nische zurück und nahm ab. Seine Lippen kräuselten sich, als er die Stimme erkannte. Panisch blickte er um sich. Er hörte zu, wurde immer bleicher, sagte jedoch nichts. Schließlich legte er auf. Kurz darauf klingelte es noch einmal. Allerdings war es nicht sein Telefon, sondern das eines seiner Freunde, der im Pulk einige Meter neben ihm stand.

„Wie bitte? Was? Um Himmels Willen!", rief der Mann aus, während er den Blick des Bürgermeisters suchte und ihn zu sich winkte. Voll düsterer Ahnungen schlurfte dieser hinüber.

„Was ist los?", fragte er, obwohl er die Antwort ahnte.

„Der Kindergarten ..., der Kindergarten wurde angezündet!", stammelte sein Gegenüber entsetzt.

Die Umstehenden horchen auf. Entsetzte Stille. Der Bürgermeister schluckte. Der Kindergarten war sein Projekt, sein Wahlprojekt, genauer gesagt. Er hatte versprochen, ihn nach der Wahl zu renovieren, um die Stimmen der Eltern für sich zu gewinnen. Und nun dies. Er wusste, wer dahinter steckte und konnte es nicht sagen.

„Wurde ... wurde jemand verletzt?", brachte er endlich mit brüchiger Stimme heraus.

„Nein!", erwiderte der andere schnell. „Glücklicherweise waren die Kinder und Betreuer gerade gegangen."

Der Bürgermeister atmete auf.

„Das bedeutet aber", begann ein anderer leise, „dass die Landstreicherin vermutlich nicht schuldig ist."

„Halten Sie den Mund!", entfuhr es dem Bürgermeister barsch. „Außerdem muss es keine Brandstiftung sein. Es könnte auch ein Kurzschluss gewesen sein."

Der Gerüffelte zuckte zusammen und schwieg. Doch der Mann mit dem Telefon schüttelte den Kopf. „Man hat rundum das Gebäude Benzinspuren gefunden und einen Zettel. Auf dem stand: Rache ist süß! Verflucht, es war Brandstiftung!"

Verstörte Blicke trafen ihn.

„Was wird hier gespielt?", wagte schließlich eine Frau zu fragen. „Was um alles in der Welt treiben wir hier, während unsere Kinder in Lemmling in Gefahr sind?"

Sie warf dem Bürgermeister einen vor-wurfsvollen Blick zu. „Sie haben uns gesagt, dass dieses Mädchen schuldig ist. Dass es daran keine Zweifel gäbe. Und nun läuft in unserem Ort so ein Warnsinniger herum und zündet weiter Häuser an!"

Der Bürgermeister rieb sich die pochende Stirn, unter soeben der ein heftiger Kopfschmerz explodierte.

„Ich weiß es nicht, verdammt noch mal!", schrie er. „Ich weiß es nicht!"

Was er tatsächlich nicht wusste, war, wie er dem Treiben des Feuerlegers Einhalt gebieten sollte. Er wusste weder, wo sich der Kerl aufhielt, noch wie er Kontakt mit ihm aufnehmen konnte. Er wusste lediglich, wie er aussah, nachdem er ihn einmal getroffen hatte, um ihm den Auftrag zu geben, dem widerwärtigen Treiben seines Bruders ein Ende zu setzen.

Es sollte ein Unfall sein, bei dem der schwule Geliebte ums Leben kommen sollte und nicht sein jüngster Bruder. Verdammt, er konnte sich im Wahljahr in einem so konservativen Ort wie Lemmling keinen Familienskandal leisten. Doch der Anschlag war fehlgeschlagen. Beide Männer waren verbrannt. Deshalb hatte er dem Feuerleger auch seinen Lohn nicht gezahlt. Der hatte schließlich die Vereinbarungen nicht eingehalten, den Bruder ungeschoren zu lassen. Aber nun hatte er die Kontrolle über diesen Verbrecher verloren.

‚Jawohl‘, dachte er. ‚Die Rechtsanwältin hat in einer Hinsicht Recht. Sie hatten es mit einem Psychopathen zu tun.‘

Aber das alles konnte er nicht zugeben.

Er fing den Blick des Vikars auf, der die Szenerie der Lemmlinger stirnrunzelnd beobachtete.

Raven, der ein paar Schritte über den Flur gegangen war, um dem Redeschwall seiner Gruppe zu entgehen, erfasste sofort, um was es bei dem Tumult um den Bürgermeister ging. Er überlegte, ob er den Politiker zur Rede stellen sollte, weil er einfach ein wildfremdes Mädchen für die Brände verantwortlich gemacht hatte. Doch in diesem Moment rief der Gerichtsdiener die Zuschauer wieder in den Saal. Hinter ihnen klappten die schweren Eichentüren zu.

Der Vikar spähte auf den Seiteneingang, durch den Myrie wieder in den Saal geführt wurde. Selika war an ihrer Seite und redete beruhigend auf sie ein. Wie gern hätte er das Mädchen jetzt in den Arm genommen und sie getröstet. Doch der Ballast seiner Vereinbarung mit Amanda drückte schwer auf seine Schultern, ebenso wie der Zwang, die Verteidigung von dem zu unterrichten, was er eben vernommen hatte.

Wie konnte er die Rechtanwältin erreichen, um ihr von dem Vorfall im Korridor des Gerichtes zu erzählen. Verzweifelt suchte er ihren Blick. Doch sie drehte sich nicht um, sondern sah gespannt auf die Tür, durch die gerade der Richter und die Geschworenen eintraten. Das Publikum erhob sich.

Richter Bartholo machte eine Handbewegung, woraufhin sich jeder setzte.

Eine junge untersetzte Frau aus dem Lemmlinger Block blieb jedoch stehen und fuchtelte mit dem Arm, wie bei einer Meldung in der Schule.

„Euer Ehren! Euer Ehren!"

Der Richter verzog das Gesicht.

„Setzen Sie sich bitte!", knurrte er ungehalten. „Wir wollen fortfahren."

„Ich muss aber dringend etwas sagen", erwiderte sie energisch.

„Die Beweisaufnahme ist abgeschlossen, meine Dame. Setzen Sie sich."

Die Frau stemmte entrüstet die Arme in die Hüften. Einige im Saal kicherten belustigt. Andere, unter ihnen der Bürgermeister aus Lemmling, kniffen verärgert die Augen zusammen.

„Ach!", krähte die Frau verächtlich. „Es hat aber heute Vormittag wiederum in Lemmling gebrannt. Brandstiftung wurde uns gemeldet!"

Ein Stimmengemurmel hob an. Richter Bartholo setzte sich kerzengerade hin.

„Was wird das jetzt?", fragte er butter-
weich. „Eine Verleumdung der eigenen
Bevölkerung? Bleiben Sie mal ganz ruhig."
Die Frau schob sich durch die Reihen, bis
sie durch die hölzerne Absperrung ge-
stoppt wurde.
„Wir haben gerade erfahren, dass unser
örtlicher Kindergarten angezündet wurde",
kreischte sie. „Unser Kindergarten! Haben
Sie das verstanden? Und Ihre *mutmaßliche*
Brandstifterin ist hier! Hier im Gericht!"
Selika Küliger sprang auf.
„Euer Ehren! Ich fordere ...!"
Mit einer Handbewegung brachte sie der
Richter zum Schweigen. Er gab dem
Gerichtsdiener einen Wink. Der ließ die
Frau bis zum Richterpult vortreten.
„Erzählen Sie uns, was Sie wissen." Als sie
fertig war, sah er in die Lemmlinger Ecke.
„Kann jemand die Aussage dieser Frau
bestätigen?"
Mehrere Damen erhoben sich und nickten.
Ihnen folgten einige der Herren. Der
Bürgermeister blieb sitzen.
„Aha", murmelte der Richter und richtete
seinen Blick auf die Geschworenenbank.
„Die Sache hat eine Wendung bekommen,
meine Herrschaften. Sie sind sicherlich
einverstanden, dass die Verhandlung
vertagt wird."
Einer der Geschworenen trat vor.

„Euer Ehren, da wir zu dem einstimmigen Beschluss gekommen sind, die Angeklagte für nicht schuldig zu befinden, möchten wir vorschlagen ...!"

Die Hejdekover brachen in Jubel aus, rissen sich jedoch schnell wieder zusammen, als sie der strenge Blick des Richters traf. Der Sprecher räusperte sich.

„Nun, deshalb bitten wir Sie, die Angeklagte heute schon von allen Anklagepunkten freizusprechen. Sie müsste dann die Tortur der Verhandlung nicht noch einmal durchstehen."

Im Saal war es plötzlich so still, dass man die Vögel draußen durch die geschlossenen Fenster zwitschern hörte.

Bedächtig erhob sich Richter Bartholo.

Die Anwesenden taten es ihm nach. Als er dann endlich den Freispruch Myries verlesen hatte, brach eine gewaltige Geräuschkulisse los. Alles redete durcheinander.

Selika war die erste, die Myrie in die Arme schloss. Benommen ließ diese ihren Kopf auf der Schulter der größeren Frau ruhen.

‚Ist tatsächlich alles vorbei?', dachte sie, noch immer verwirrt über die plötzliche Wende der Lage. ‚Es gibt jemand anderen. Jemand, der einen Kindergarten angezündet hatte. Wie schrecklich!'

Um sie herum drängelten sich Leute, klopften ihr auf die Schulter, drückten sie kurz und gratulierten.

„Ich wusste doch, dass sie unschuldig ist!", trompetete Amanda neben ihr. „Habe ich es nicht immer gesagt? Das Mädchen kann keiner Fliege etwas zuleide tun. Deshalb habe ich ja auch die gesamten Kosten übernommen."

Die meisten Leute klatschten. Eine warme Hand legte sich auf Myries Schulter und drückte sie leicht.

Sie blickte hoch in die schimmernden Augen von Raven. Er schenkte ihr ein warmes Lächeln.

„Ich freue mich sehr für dich, Myrie." Seine sanfte Stimme streichelte ihre Seele. Wie lange hatte sie nicht mehr mit ihm gesprochen?

„Danke", flüsterte sie.

Neuigkeiten

Dorothees Finger glitten über die Buchstaben des Briefes. Er war mit der Morgenpost aus Adelaide gekommen, drei Tage nach der erfolgreichen Verhandlung vor Gericht.

Ihre Freundin und Vertraute Veronica hatte endlich die langersehnte Antwort geschickt.

„Ich wusste es doch", murmelte sie. Geistig noch völlig abwesend griff sie nach ihrer Kaffeetasse und setzte sie an die Lippen. Das Koffein belebte ihre Sinne.

Als sie zu Ende gelesen hatte, schlug sie mit der flachen Hand auf das Papier.

„Ha, das ist ja unglaublich! Was gibt es nur für Zufälle."

Sie schob ihre Tasse in die Mitte des dunklen Eichenholztisches, faltete das Briefpapier zusammen, nahm den beigelegten Zeitungsartikel mit einem riesigen Foto einer vergangenen Benefiz-Veranstaltung aus dem letzten Jahr in die Hand und sprang auf. In ihrer Brust sammelten sich kleine Fünkchen berauschender Freude.

‚Wann kommt Raven nach Hause?', überlegte sie, während sie zum Fenster strebte. Sie musste ihn dringend informieren, aber zuvor hatte sie noch etwas anderes zu erledigen.

Predigerfamilie

Wieder einmal fegte ein heißer Sommerwind rücksichtlos über die Häuser von Hahndorf und dessen näherer Umgebung nahe der Großstadt Adelaide.

Sein Atem strich durch die fast menschenleeren Straßen, um die Saint Paul´s Lutheran Church herum, trieb trockenes Gestrüpp vor sich her und wirbelte kleine Staubhosen auf. Es war noch sehr früh am Morgen. Gerade erst waren die ersten Sonnenstrahlen am Horizont hervor gekrochen. Die meisten Einwohner und Tiere schliefen noch oder erhoben sich zu dieser Zeit gerade eben von ihrem Schlaflager.

Dennoch arbeitete ein paar Kilometer abseits der alten Pilgerstadt bereits eine Frau im Vorgarten eines ziemlich baufälligen Hauses inmitten des staubigen Wirbelns.

Unscheinbar in ihrer Erscheinung; sie trug einen grünen Baumwollrock, der ihr bis zu den Waden reichte, ein graues Tuch um die Schultern und ein wollenes Kopftuch; hieb sie eine Hacke unentwegt in den Boden, zog Furchen und streute Samenkörner hinein. An den Stiefeln klebten Sandklumpen, die aber schnell wieder zerbröselten, da der Erdboden kaum

Feuchtigkeit aufwies. Die Frau mochte die achtzig weit überschritten haben.

Das wettergegerbte Gesicht zeigte tiefe Runzeln und der Mund gewohnte Entschlossenheit, wie es bei vielen Menschen zu sehen ist, die ihr Leben lang hart um ihre Existenz zu kämpfen hatten. Den Blick fixiert auf ihr Tun, schob sie sich Meter für Meter auf dem zehn Meter langen Beet vorwärts.

Emilie gehörte einer Predigerfamilie an, den sogenannten Alt-Lutheranern, deren männliche Angehörige jeweils das Amt des Predigers an ihre Söhne und Enkel weiterreichten. Die deutschen Vorfahren der Frau waren etwa 1841 aus religiösen Gründen nach Südaustralien ausgewandert und hatten sich in Hahndorf bei Adelaide niedergelassen. Die Siedlung war nach dem Sylter Kapitän Dirk Meiners Hahn benannt worden, der den Immigranten geholfen hatte, dort Grund und Boden zu finden. Inzwischen war sie weltbekannt und ein beliebter Ort für Touristen.

Trotz allem lebten die Familien einiger Alt-Lutheraner streng erzogen in Arbeit und Gebet. Eine winzige Enklave auf dem riesigen Kontinent Australien, deren Angehörige sich vornehmlich mit ihresgleichen abgaben.

Das Dorf war damals nach typisch schlesischer Art organisiert worden.

Die Bauernhäuser standen nebeneinander die Hauptstraße entlang. Jede Familie hatte ihren eigenen langen schmalen Ackerstreifen, der von der Hauptstraße vor dem Haus bis zum gemeinschaftlichen Weideland am Bach reichte. Ihre Vorfahren hatten hart arbeiten müssen, um das Land zu bewirtschaften und um ihre Familien ernähren zu können.

In dem alten Bauernhaus, das seit der Einwanderung der Familie vor über hundertsiebzig Jahren auf dem Grundstück stand, lebten noch vier Generationen.

Die Gebäude auf dem Anwesen hatten mehr recht als schlecht die Zeiten überlebt, anders als manch ein Familienmitglied.

Emilie, als Urgroßmutter von vierzehn Urenkeln, die älteste der Sippe, wachte über den Frauenclan, der noch im Haus wohnte, einer Gruppe von zwei lebenden Großmüttern und deren zwei Töchtern.

Die anderen Familien hatten sich losgelöst von der Patronin und waren zu deren Empörung in separate Wohnungen in der Stadt gezogen. Aber diejenigen, die alleinstehend zurückgeblieben waren, weil die Ehemänner vor ihnen gestorben oder die gar unverheiratet geblieben waren, verbrachten ihr Leben in diesem Haus.

Natürlich lebte auch der pensionierte Oberprediger bei ihnen, Daniel Kopp, ein

Bruder ihres verstorbenen Mannes, und Salms Higgerty, sein Nachfolger, der derzeitige Betvater der Gemeinschaft, der wiederum aus Barmherzigkeit ihre Enkelin Sophie geheiratet hatte, die zum Unglück der Sippe ..., aber nein, daran wollte Emilie sich nicht erinnern. Die jetzt achtunddreißigjährige Frau wohnte und arbeitete bei ihnen, doch sie glich seit Jahren immer mehr einem Schatten, der sie immer durchsichtiger erscheinen ließ.

Die Männer besaßen einen gesonderten Tagesablauf, der dem der Frauen nicht im Geringsten glich. Ihre Aufgabe war es, in der kleinen Kapelle neben dem Grundstück Menschen zum Glauben zu bekehren, ihnen die Beichte abzunehmen, sie in die Pflichten für den Herrn einzuweisen oder diverse Wohltätigkeitsveranstaltungen in ihrer Umgebung zu organisieren. Hierbei halfen ihnen die Frauen aber meist.

Außerdem wanderten die männlichen Prediger durch die Adelaide Hills und besuchten Familien aus demselben Grund. An jedem Sonntag ging der geschlossene Familienverband brav in die St.Paul´s Lutheran Church zum Gottesdienst.

Das Geräusch eines klapprigen Fahrrads ließ die Alte aus ihren Gedanken schrecken und den Kopf heben. Sie streckte den krummen Rücken so gut es eben ging und schlurfte über das Beet zur großen

Eingangspforte, an der in diesem Moment der Postbote mit einem Brief wedelte. Emilie nahm die Post wortkarg entgegen. Lediglich ein „Thanks" kam über ihre Lippen.

Der Mann nickte nur kurz. Zu dieser frühen Stunde war er noch recht müde und setzte daher ohne ein weiteres Wort seinen Weg fort. Emilie nahm kaum Notiz von ihm. Sie hatte bereits stirnrunzelnd den Brief hin und her gewendet und erkannt, dass diese Post nicht für sie bestimmt war, sondern für Sophie.

„Von wem bekommt Sophie nur einen Brief?", brummte sie.

Der Absender stammte aus Adelaide, doch der Name war Emilie unbekannt. Sie war versucht den Umschlag zu öffnen, riss sich jedoch schnell zusammen, angewidert von ihrer eigenen Schwäche. Derartige Ausschweifungen gestattete sie sich nicht.

So streng sie mit anderen verfuhr, so streng war sie auch zu sich selbst.

Missmutig ging sie zum Hauseingang, stieg aus den verschmutzten Stiefeln, schloss langsam die Tür hinter sich, schlüpfte in ihre Filzpantoffel und latschte zur Küche. Dort herrschte bereits Betrieb.

„Sophie!" Durch den forschen Ton ihrer Großmutter aufgeschreckt, sprang eine Frau mit schwarzem Kopftuch und blauem Leinenkleid auf. Sie war gerade dabei gewesen einen Maisbrei anzurühren. „Du hast einen Brief bekommen!"

Sophie sperrte verwundert die Augen auf und nahm die Post entgegen. Unter den Augen der alten Frau öffnete sie den Umschlag. Sie überflog die Zeilen und runzelte die Stirn. Eine Mrs. Veronica Smith wollte sich mit ihr treffen. Veronika Smith, wo hatte sie den Namen schon einmal gelesen oder gehört? Sie sollte heute um 15 Uhr am Nachmittag vor dem *Hahndorf Inn* warten, weil diese Frau sie dringend sprechen wollte. Es ginge um eine wichtige Information. Mehr stand dort nicht.

Sophie lief ein Schauer über den Rücken. Da spürte sie die fordernde Ungeduld Emilies. Von plötzlichem Trotz übermannt, beschloss sie, die Großmutter in Unkenntnis über den Inhalt des Briefes zu lassen. Sie steckte ihn in die Schürzentasche und setzte ihre Arbeit am Herd fort. Sie versuchte, ihre eigene Überraschung und Neugierde zu verdecken, indem sie schnell die Schüssel mit dem Maisgries packte und den Inhalt unter Rühren in die gerade aufkochende Milch schüttete.

„Was ist?", knurrte die Alte. „Wer schreibt dir denn Briefe?"

„Das ist nur die Einladung zu einer Benefiz-Veranstaltung", log Sophie und bekreuzigte sich sofort, ohne dass Emilie es bemerkte.

Stumm betete sie, dass der Herr ihr diese Notlüge vergeben solle.

„Wo?", kam auch schon die Nachfrage.

„Ich weiß es noch nicht", log Sophie weiter. ‚Oh Herr vergib mir'. „Ich treffe mich heute mit einer Dame der Organisation."

„Ah, sei rechtzeitig zu den Vorbereitungen des Abendessens zurück. Die Männer mögen keine Verspätungen, das weißt du."

„Ja, natürlich", sicherte Sophie sofort zu und bedankte sich im Stillen, dass ihre Ausrede angekommen war.

Höchst aufgeregt und eigentlich viel zu früh wanderte sie in der Mittagszeit in Richtung Stadtkern. Den Mitgliedern der Familie war es verboten, sich den Luxus einer Busfahrt zu gönnen. Und Sophie besaß sowieso kaum Geld dafür. Daher musste sie rechtzeitig aufbrechen, um pünktlich an der Schenke zu sein. Es war viertel vor Drei Uhr als sie ziemlich durchgeschwitzt ankam. Unsicher verbarg sie sich in einem Seiteneingang auf der anderen Straßenseite und beobachtete das Gebäude. Ihre Hände waren klatschnass und die Beine fühlten sich butterweich an. Schließlich hielt ein Auto vor dem Inn. Eine vornehm gekleidete Dame entstieg dem

Gefährt und sah sich um. Sophie trat einen Schritt aus ihrem Versteck. Die Dame winkte ihr zu. Sie schien offenbar zu wissen, mit wem sie es zu tun hatte, ganz im Gegenteil von Sophie, die grübelte, ob sie dieses Gesicht schon einmal gesehen hatte. Veronica Smith gab ihr lächelnd die Hand. Sie wirkte auf Anhieb sympathisch.
„Hello, ich danke Ihnen, dass Sie gekommen sind. Lassen Sie uns drüben ins Café gehen. Dort können wir in Ruhe reden.‟
 In einer abgelegenen Ecke des Schankraumes bestellte Veronica Kaffee und ein Stück Butterkuchen für Jede von ihnen. Um sie herum wuselten Menschen aller Hautfarben. Die Tische waren fast alle besetzt. Es war Kaffeezeit, die viele Touristen zur Einkehr bewogen haben mochte. Aber hier in ihrem, ja man konnte fast schon sagen, kleinen Versteck wurde die Geräuschkulisse von zwei Seitenwänden eingedämmt.
 Veronica betrachtete nachdenklich die unscheinbare Frau ihr gegenüber. Wie konnte sie ihr die Neuigkeit schonend übermitteln? Wie ihre Frage formulieren, ohne zu kränken? Ging es um ein Familiengeheimnis? Schließlich aber begann sie behutsam, Sophie von Myrie zu erzählen.

Am Meer

Wolkenschatten wanderten über den Strand. Im Widerschein der gleißenden Strahlen der Spätnachmittagssonne schlugen die Wellen auf den Sand. Sie stapften barfuß über Algen und Muscheln, wichen scharfen Kieseln und Strandgut aus und gruben die Zehen tief in das feuchte Watt.

Sie schwiegen, obwohl Myrie dachte, dass sie sich viel zu sagen hätten. Doch keiner von ihnen machte den Anfang eines Gespräches. Im Rauschen des Windes hielt sich nicht einer der Töne um sie herum. Sie wurden herangeweht und kaum, dass sie das Ohr erreichten, verschwand der Klang schon wieder. Ein flüchtiges Streicheln des Gehörgangs, ein stetes Kommen und Gehen von Geräuschen.

Sogar das aufdringliche Kreischen der Möwen über der ablaufenden Tide wurde durch den heftigen Westwind in der Luft zerrissen und verflog ebenso schnell wie es zu vernehmen gewesen war.

Verstohlen warf Myrie einen Blick auf ihren Begleiter. Es war das erste Mal, dass sie wieder mit ihm allein war.

Immer noch herrschte eine Distanz zwischen ihnen, die früher, vor der Anklage, vor dem Desaster von Lemmling, nie da gewesen war.

‚Nach der Zeit im Gefängnis und des Zwangsarrestes bei Amanda ist dies vermutlich verständlich‘, versuchte Myrie sich zu trösten.

Dazu kam seine Beziehung zu Myries „Wohltäterin", seiner Verlobten.

Sie konnte sich immer noch nicht mit der Tatsache abfinden, dass ausgerechnet Amanda Ravens Herz erobert hatte und doch konnte sie es nicht ändern. Wie oft hatte sie versucht, gleichgültig darüber zu denken. Doch ihr Herz streikte beim Gedanken daran, ihre Liebe zum Vikar zu vergessen.

Auf jeden Fall hatte sich sein Benehmen ihr gegenüber verändert, jegliche Vertrautheit war verschwunden. In seinem Gesicht las sie strenge Beherrschung.

Oder war es ein Anflug von Kälte und Arroganz? Außerdem war dieser Spaziergang nicht einmal seine Idee gewesen.

Nein, Ravens Mutter war die Initiatorin. Energisch, wie es ihre Art war, hatte Dorothee ihrem Sohn sozusagen befohlen, mit Myrie an den Strand zu fahren, damit ihr mal ein anderer Wind um die Nase wehte.

Myrie hatte nichts dagegen, für einen Tag dem Ort zu entfliehen. Ja, sie liebte das Meer! In ihrer Waisenhauszeit waren sie manchmal mit der Gruppe für drei Wochen ans Meer verschickt worden.

Es waren die schönsten Erinnerungen an ihre Kindheit. Sie liebte das Wellenspiel des Meeres, den Wind, der ihre Haut streichelte und den salzigen Geruch nach Algen und Fisch.

Raven und sie waren mit dem Auto bis zu einem erhöhten Parkplatz hinter dem Deich gefahren, hatten sich dort ihrer Schuhe entledigt und waren dann über die mit Strandhafer bewachsenen Dünen gelaufen.

Ein seit langem vermisstes Freiheitsgefühl bemächtigte sich Myries beim Anblick der unendlich wirkenden Wassermassen.

Stumm war sie stehen geblieben, eine ganze Zeit lang, bis schließlich, ganz gemächlich, die Ebbe begann. Zentimeter für Zentimeter wich das Wasser zurück und legte feuchten Schlick frei. Mit der Ebbe kamen die Seevögel, die eifrig ihre Mahlzeit einnahmen.

Am Horizont erhoben sich die Silhouetten einiger Warften. Im Zwielicht der Sonne schimmerten die weißen Häuserfronten zu ihnen herüber, als wollten sie Myrie in ihrer Freiheit begrüßen.

Sie hätte lachen und fröhlich über den Sand rennen mögen. Doch die reservierte Art von Raven hielt sie zurück.

So wanderten sie schweigsam weiter, während der schwere Stein in ihrem Magen ständig größer zu werden drohte und ihr davon schon ganz übel war.

Plötzlich ertönte ein lauter Knall.

Myrie zuckte heftig zusammen, fasste sich erschreckt ans Herz, stolperte und wäre fast der Länge nach hingeschlagen, hätte Raven sie nicht aufgefangen.

„Vorsicht! Keine Angst!" Seine dunkle Stimme flüsterte. Er zog sie behutsam an sich. Ein warmes Gefühl der Geborgenheit schlich durch ihre Adern. Endlich! Ihr Herz überschlug sich fast.

„Keine Angst", wiederholte er sanft. „Weit hinter dem Watt ist eine Baustelle. Die treiben manchmal eiserne Poller in den Boden. Das knallt dann so."

Sie hob den Kopf. Er hielt sie immer noch in seinen Armen. Sein Blick hatte an Härte verloren. „Raven …!"

„Schsch …!" Er legte ihr mild den Zeigefinger auf die Lippen. Das war wieder der Raven, den sie kannte, der liebenswerte Vikar. Seine Hand fuhr durch ihr Haar. „Meine kleine Myrie!" Er küsste sie sachte auf die Stirn und vergrub sein Gesicht in ihrem Haar. „Wie habe ich dich vermisst."

Myrie kamen die Tränen. Aufgewühlt erwiderte sie seine Umarmung. Es kam ihr vor, als klammerte er sich regelrecht an ihren Körper. Als er endlich aufsah, hatte auch er Tränen in den Augen.

„Es tut mir so leid, so entsetzlich leid."

‚Was meinte er?‘, überlegte sie. ‚Was tat ihm denn so leid, dass er weinte.‘ Tröstend strich sie über seine Wange.

Als hätte er ihre stumme Frage gehört, sprach er weiter, während er sie an sich drückte. „Ich dürfte das jetzt eigentlich nicht sagen, aber ich liebe dich, auch wenn ich ..., wenn ich an eine andere Frau gebunden bin."

Fassungslos und hin und her gerissen starrte sie ihn an. ‚Er liebte sie? Raven liebte sie? Obwohl er ..., nein, das konnte nicht sein. Sie musste sich verhört haben.‘

Ihre Gedanken überschlugen sich.

‚Was ist hier los?‘

Er hatte sich inzwischen wieder im Griff und zog sie zum Rand einer Düne, drückte sie fast zärtlich auf den feinen Sand, setzte sich neben sie und nahm ihre Hände.

„Ich bin dir eine Erklärung schuldig, Myrie. Und doch kann ich dir nicht alles anvertrauen. Ich bitte dich, verzeih mir deshalb. Ich habe es versprochen, Amanda zu heiraten, obwohl mein Herz mir sagt, dass ich sie nicht liebe, sondern nur dich."

Sein ehrlicher Blick rührte sie zutiefst. So schüttelte sie irritiert den Kopf.

„Aber warum? Du bist dein eigener Herr, Raven. Wenn du sie nicht liebst, dann wirst du unglücklich und sie wahrscheinlich auch."

„Nein, sie nicht, sie wollte mich schon immer einfangen.“

Myrie versuchte, diese Eröffnung von der sachlichen Seite anzugehen, obwohl es ihr unendlich schwer fiel.

„Aber ... warum machst du es dann? Warum hat sie dich ‚eingefangen‘, wie du es nennst?“

„Ich habe versprochen, nicht darüber zu reden.“

Myrie kam ein fürchterlicher Verdacht.

„Erpresst sie dich etwa?“

„Um Himmelwillen, nein, Myrie! Sie hat, nun sie hat gute Gründe für eine Ehe mit mir und ich habe auch meine *Gründe*. Es war sozusagen ein Handel. Ich wollte dir nur sagen, dass ich nie aufhören werde, dich zu lieben, Myrie. Ich möchte, dass du das weißt. Und denke bitte nicht schlecht von mir. Ich musste das tun. Verstehst du mich?“

Myrie atmete tief aus und versuchte aus seiner Mimik zu lesen. Er wirkte schuldbewusst, traurig und gleichzeitig endgültig ergeben.

„Nein, ich verstehe dich nicht, Raven. Ich verstehe das alles ganz und gar nicht. Ein Handel? Mit Liebe? Mein Gott, Raven, du bist ein Geistlicher, solltest ein Vorbild sein! Ein Handel? Nein, das verstehe ich absolut nicht.“

Sie löste ihre Hände aus seinen und erhob sich. Sie hörte ihn leise seufzen.

Durch ihr Herz kroch eine schmerzende Leere. Sie konnte nichts dagegen tun, fühlte sich einsamer als je zuvor und hätte sich am liebsten in irgendeinem Loch verkrochen. Aber ihre Beine wollten nicht fort.

Wie zu Eis erstarrt stand sie am Dünenrand, die spitzen Muscheln schnitten ihr schmerzhaft in die nackten Füße und doch bewegte sie sich nicht.

Raven war ebenfalls aufgestanden. Unter seiner Sommerbräune wirkte er blass.

„Lass uns zurückgehen", sagte er mit fast tonloser Stimme. So bedrückt hatte sie ihn noch nie erlebt. „Die Sonne geht bald unter."

„Ja, ein letzter schöner Sonnenuntergang", murmelte sie. Ein Eisenring umschloss ihr Herz. Sie hatte das Gefühl, kaum noch atmen zu können. „Ich werde weggehen, sobald ich kann."

Er schluckte. Noch einmal nahm er sie bei den Schultern. Ihre Blicke trafen sich. Sie spürte die Liebe in diesem Blick, aber auch sein verzweifeltes Schuldbewusstsein und fragte sich, wie stark er sein müsste, um in den kommenden Jahren vergessen zu können.

‚Und wie stark muss ich sein?', fragte sie sich gleichzeitig.

„Ich werde morgen weiterziehen", bekräftigte sie laut ihre Gedanken. „Ich kann nicht hierbleiben."
Er nickte.
‚Das war´s dann‘, dachte Myrie tief verletzt. ‚Ein einfaches Nicken. Ein Handel. Und aus. War das die große Liebe?‘
 Sie war Kummer gewohnt. Doch diesmal hatte sie gehofft, dass alles anders würde, hatte auf ein wenig Glück gehofft. Einen Funken Glück mit Raven, den sie, wie sie glaubte, niemals vergessen würde.
 Dieser Trennungsschmerz würde Jahre überdauern, würde in ihrem Herzen eine tiefe brennende Furche hinterlassen, damit sie sich immer erinnerte, wie sehr sie diesen gütigen Menschen liebte.
 Ein Streifen am Himmel hatte sich blutrot verfärbt. Am Horizont wölbte sich orangefarbene Glut, welche die kräuselnde Meeresoberfläche wie heiße Wassertropfen zum Glitzern brachte.
 Myrie fror trotzdem.

Aufbruch

Sie hatte keine Tränen mehr. Ihre Augen und der Hals waren so trocken wie der Sand am Meer, den sie geschmeckt hatte.

Lustlos packte sie einige Kleidungsstücke in die blaue Reisetasche auf dem Bett. Praktische Dinge; etwas Unterwäsche, zwei Jeans, zwei Pullover und Schuhe, die Amanda ihr gekauft hatte, damit sie nicht wie eine dahergelaufene Magd aussah, wie sie meinte.

‚Es ist mein gutes Recht, einige der Stücke mitzunehmen,‘ bestätigte sich Myrie in kindlichem Trotz selbst. ‚Dafür habe ich sie von vorne bis hinten bedient.‘

Außerdem, was sollte Amanda schon mit den Sachen anfangen? Sie passten ihr gar nicht und schließlich ließ Myrie ja nicht das Tafelsilber mitgehen.

Das blaue Gepäckstück hatte ihr Raven vorbeigebracht, kurz nachdem sie vom Gefängnis in den Arrest bei Amanda eingezogen war. Es enthielt damals alle Sachen, die sie durch Spenden der Gemeinde bekommen hatte.

Sie versuchte den Gedanken an Raven fortzujagen. Doch ihr Gehirn begann zu rattern. ‚Ihr Wohltäter‘ hatte einen Handel mit ihrer ‚Wohltäterin‘ geschlossen. Nicht zu fassen! Wie konnte man sich in einem Menschen derart täuschen? Einen Deal!

Welchen auch immer. Auf jeden Fall mit dem Versprechen, Amanda zu heiraten. ,Wann war dieses Einverständnis zustande gekommen?', fragte sie sich.

„Bevor ich ins Gefängnis gekommen bin auf keinen Fall", überlegte sie laut.

„Damals hat er sie noch gemieden. Seltsam und jetzt sind sie verlobt. Erst nachdem ich zu Amanda gebracht worden bin, ließ er sich nicht mehr blicken und kümmerte sich auch nicht mehr um mich."

Sie seufzte und legte ein Paar Socken auf die Hosen in der Tasche. Langsam schritt sie zum Fenster. Der Blick in den Garten hatte etwas Verschwommenes. Feuchter Dunst lag über den Rosenbeeten. Von den Tannen tropften die Reste des Regens. Am Himmel zogen graue Wolkenbänder vorüber, jedoch ohne sich ihrer nassen Last zu entledigen.

Myrie legte die Stirn gegen die kühle Scheibe.

,Und plötzlich geben die Beiden ihre Verlobung bekannt. Was steckt dahinter?' Eine Frage drängte sich in den Vordergrund. ,Habe ich etwas damit zu tun? Die Anwältin kam ziemlich schnell.'

Amandas Rechtsanwältin.

,Ausgerechnet, obwohl ich nie direkt etwas mit Amanda Bedinghomer zu tun gehabt habe.'

Myrie überlegte weiter. Sie war damals davon ausgegangen, Raven und Ulf Peters hätten Selika Küliger engagiert.

Doch nachträglich erfuhr sie, dass Amanda alles bezahlte. Amanda hatte eigentlich gar kein Interesse für sie zeigen müssen. Es sei denn, sie wäre über diesen Umweg ..., konnte es sein?

Flüchtig streifte sie eine Erinnerung an ihre Ankunft in der Kirche von Hejdekov. Ravens Flucht, als Amanda heranrauschte. Seine fadenscheinige Entschuldigung. Er hatte sich aus dem Staub gemacht wegen des sehr offenkundigen Interesses von Amanda an seiner Person.

Und nun wollte er sie heiraten, obwohl er Myrie gestern seine Liebe gebeichtet hatte? Das war mehr als mysteriös. Gedankenversunken ging Myrie zum Bett zurück und begann ein T-Shirt zusammenzulegen. Mittendrin hielt sie inne.
Ein Deal war es, natürlich! Wie konnte sie so blind sein?

Raven verkaufte sich an Amanda, damit Myrie aus der Haft frei kam. Die Gemeinde wäre nicht vermögend genug, um die Kosten für die Verteidigung zu übernehmen. Amanda aber schon!
Schockiert sank Myrie auf ihr Bett und schlug die Hände vors Gesicht.
„Mein Gott, welch ein Drama!", stieß sie aus. „Er heiratet sie meinetwegen. Sonst

hätte sie nicht geholfen. Er opfert sich für mich."

Welch ein makabrer Kompromiss! Raven hatte für Myrie seine Seele verkauft. Und sie konnte nichts dagegen tun.

Sie konnte nicht zu ihm hingehen und sagen: „Halte dein Versprechen nicht. Du liebst doch mich, Raven!" Dieses Recht besaß sie nicht. Nicht, nach dem Opfer, das er für sie erbracht hatte. Außerdem war er ein Mann mit Prinzipien. Er würde es durchstehen und keinen Rückzieher machen.

„Ich kann es nicht ändern", murmelte sie verzweifelt. „Es ist zu spät." Wie konnte man sich derart in einem Menschen täuschen? Wussten die anderen davon?

‚Nicht dran denken!', mahnte sie sich. ‚Du gehst jetzt! Möglichst weit weg von Hejdekov. Flüchten bist du gewohnt. Und mit der Zeit wirst du auch mit dieser Enttäuschung leben können. Dann werden die Personen verblassen und neue werden da sein, wie so oft im Leben. Und Raven muss mit seinem selbstgewählten Los alleine klarkommen.'

Sie klopfte sich auf die Wangen, weil sie merkte, dass sich ihre gesamten Gesichtsmuskeln verspannten. Unterdrückte Wut, unterdrückte Trauer, alles festigte sich in ihren Wangenknochen.

Mit zittrigen Händen nahm sie die Reisetasche. Scharf stieß sie den Atem aus.

‚Nicht sentimental werden! Pack weiter!‘

Unkontrolliert stopfte sie noch Schal, Mütze und Handschuhe hinein und zog die Reißverschlüsse zu. „So! Zeit zu gehen! Das war´s!“

Sie band sich das Haar zu einem kurzen Zopf, schloss die Knöpfe ihrer Jacke, schlug den Kragen hoch und stieg die breite Treppe hinunter.

In der Diele stieß sie fast mit Amanda zusammen. Diese hielt soeben ein dick beschmiertes Marmeladenbrötchen in der Hand. Fragend schaute sie von Myrie auf die Reisetasche und wieder zurück.

„Myrie, ich habe mich schon gefragt, wo Sie sind. Was soll diese Tasche? Und warum ist das Frühstück noch nicht fertig?“ Die Frage kam schroff über die marmeladengezuckerten Lippen.

Das Mädchen stellte die Tasche ab.

„Ich wollte mich gerade verabschieden“, log sie, denn genau dies war eigentlich nicht ihre Absicht gewesen.

„Sie gehen?“ Die Marmeladengelee tropfte Amanda über die Finger, doch sie schien es nicht zu bemerken.

„Ja.“

„Wieso? Sie haben hier doch alles, was Sie brauchen. Ein Dach über dem Kopf, zu essen und sogar einen Job als Dienstmädchen." Ihr Blick durchbohrte Myrie. „Ich habe Ihnen dies alles gegeben und jetzt diese Undankbarkeit? Sie lassen mich allein?"

„Sie sind nicht allein, Amanda", erwiderte Myrie trocken, so trocken, dass bereits ihr Hals kratzte. „In Kürze heiraten Sie Raven, werden vielleicht Kinder haben und Dienstmädchen gibt es in Hülle und Fülle. Sie brauchen mich nicht."

Amanda versuchte es noch einmal, während die Hand mit dem Brötchen auf und ab wippte.

„Wohin wollen Sie denn gehen? Sie kennen niemanden. Wollen Sie wieder als Landstreicherin auf der Straße leben? Hier könnten Sie Raven und mir von Nutzen sein. Ich brauche auch noch eine Brautjungfer. Wie wäre es damit?"

Myrie straffte sich empört. Diese Frau kannte keine Hemmungen.

Doch gleichzeitig wurde ihr klar, dass Amanda ja nichts von ihren Gefühlen zu Raven wusste. Trotzdem, sie war gewohnt, sich alles zu kaufen, was sie haben wollte, einschließlich Menschen oder deren Zuneigung. Wie abstoßend!

„Ist das ein Teil des Deals mit Raven?", stieß daher heftig aus. „Dass ich als Magd hierbleibe und sie Beide bediene? Nein danke Amanda! Ich habe hier nichts mehr

zu suchen. Ich bin Ihnen dankbar, dass Sie
mir Selika zur Seite gestellt haben. Und ich
bin Ihnen auch dankbar für die Kaution
und dass ich bei Ihnen unterkommen
konnte während des Prozesses. Aber
glauben Sie mir, ich werde nicht dabei sein
und zusehen, wie Sie den Mann heiraten,
den *ich* liebe,!"
So, nun war es heraus!
 Wohl zum ersten Mal in ihrem Leben
schien Amanda Bedinghomer sprachlos zu
sein. Sie starrte Myrie mit offenen Mund
an. Das Brötchen glitt aus ihren Fingern
und fiel bäuchlings auf den marmorierten
Fliesenboden.
 Die Lippen hoben zum Sprechen an und
schließlich fand sie ihre Sprache wieder.
„Ist das der Dank für …", begann sie.
Doch Myrie hatte sich bereits umgewandt,
ihre Reisetasche gegriffen und war hinaus-
gestürmt. Scheppernd fiel die Tür ins
Schloss.

 Hin und her gerissen zwischen schlechtem
Gewissen und Erleichterung, zwischen
Traurigkeit und dem Gefühl, ein neues
Leben zu beginnen, schritt sie durch die
Straßen Hejdekovs. Die wenigen bekann-
ten Menschen, die sie traf, grüßten sie
zurückhaltend. Es war nicht mehr so, wie
vor einigen Wochen, wo sie überall
neugierig aber freudig empfangen worden

war. Es wurde tatsächlich Zeit zu gehen. Nur von Pastor Peters wollte sie sich verabschieden und von seiner Frau. Diesen beiden wertvollen Freunden wollte sie Adieu sagen. Oder noch Dorothee? Nein, lieber nicht. Dorothee strahlte zwar eine Herzenswärme aus; aber wusste sie vielleicht von Myries Liebe zu Raven? Dann würde sie Myrie zur Rede stellen. Und dies wollte sie nicht riskieren.

Raven war heute Morgen bei den Senioren im Altenheim zum Frühstückskaffee eingeladen. Frühstück mit dem Vikar. Myrie hatte ihn bisher begleitet. Die alten Herrschaften mochten den Vikar. Ein warmes Gefühl schlich sich durch ihre Brust.

‚Ach ja, die alten Leute werde ich vermissen.'

Der große Kirchenraum war wie immer angenehm geheizt. Auch wenn es heute nicht regnete, hielten sich die Temperaturen für Ende Februar in den unteren Regionen. So tat es gut, dass die Kirche die Wärme speicherte, die von der Heizung ausströmte. Es war erst neun Uhr. Gegen kurz vor Zehn sollte, wie immer am Montag, ein Gottesdienst für die Schulklassen des Ortes stattfinden. Sie hatte also noch ein bisschen Zeit.

Myrie setzte sich in eine der vorderen Reihen und versank mit geschlossenen

Augen in ein Gebet. Sie hatte viel zu danken, auch wenn letztendlich nicht alles so gelaufen war, wie sie es sich wünschte. ‚Aber welcher Mensch konnte schon alles haben‘, dachte sie.

Einige der glücklichsten Wochen ihres Lebens hatte sie in Hejdekov verbracht, bevor man sie verhaftete. Und diese Zeit würde ihr niemand nehmen können. Sie bat um Hilfe für ihren weiteren Weg. Endlich öffnete sie die Augen und wollte noch einmal den wunderschönen Anblick der Kirche genießen. Doch dazu kam sie nicht.

An der Kanzel lehnte eine große Gestalt und beobachtete sie schweigend. Als sich ihre Blicke trafen, huschte ein mildes Lächeln über das Gesicht von Pastor Peters. Er kam auf sie zu und nahm ihre Hände.

„Deute ich das richtig? Du willst uns verlassen?" Seine Augen musterten die Reisetasche, die Myrie auf die Bank neben sich gestellt hatte.

Sie mochte den dunklen Klang der Stimme des Pastors. Sie strömte Geborgenheit und Verständnis aus und brachte ihre Entscheidung kurzfristig ins Wanken. Doch dann nickte sie.

„Ich kann nicht bleiben. Und wahrscheinlich wissen Sie mehr als ich, warum."

Diesmal war es an ihm zu nicken.

„Komm doch noch ein paar Minuten mit in mein Büro. Ich möchte mit dir reden."

Diesen Wunsch konnte sie ihm nicht abschlagen und so folgte sie ihm in den wohlbekannten Raum, in dem sie so viele Tage die Post sortiert und Papiere geordnet hatte. Außerdem wollte sie sowieso noch rüber ins Pfarrhaus, um sich von Biggi zu verabschieden.

Auf dem Schreibtisch stand eine große Kanne mit Kaffee. Er bot ihr einen an und schenkte sich selbst ebenfalls einen Becher ein.

Nachdem er mindestens vier Stücke Würfelzucker hineingerührt hatte, sah er sie eine Weile an, als ob er nicht wüsste, wie er beginnen sollte. Die Hände hielt er vor Kinn und Mund gefaltet, so dass die beiden ausgestreckten Zeigefinger die Nase berührten. Von Zeit zu Zeit klopften sie gegeneinander.

Myrie genoss die Ruhe. In seiner Gegenwart war Schweigen nie peinlich. Sie nippte an dem aromatischen Kaffee, goss sich noch etwas mehr Milch dazu und wartete. Seine plötzliche Frage riss sie allerdings schlagartig aus der Entspannung.

„Magst du Dorothee?"

Ein Lächeln stahl sich über ihre Lippen. Was für eine Frage.

„Ja, natürlich mag ich Dorothee. Sie ist eine der gütigsten Menschen, die ich kenne, außer Ihnen natürlich und Biggi und Raven." Bei Ravens Namen stockte sie erst. Dann atmete sie tief durch.

‚Nichts anmerken lassen, ganz gelassen bleiben', ermahnte sie sich. ‚Es ist vorbei! Verdränge die Gefühle für Raven, du dumme Kuh! Vorbei! Vorbei!' Doch so sehr sie sich auch bemühte, es wollte nicht gelingen.

Erneut schob sich ein Wort in ihre Gedanken: ‚Deal! Ein Deal!'

Ulf Peters legte den Kopf schief und musterte sie.

„Nun, Dorothee hat mich gestern etwas gefragt", erklärte er wie beiläufig.

Es klopfte an der Tür. Der Pastor zog die Stirn kraus über die Störung, sah Myrie an und zuckte mit den Schultern. „Moment." Dann rief er: „Herein!"

Durch die geöffnete Tür glitt die zierliche Gestalt von Dorothee.

„Oh!", rief sie aus, als sie Myrie entdeckte. Dann lächelte sie. „Das passt ja gut!"

Sie ging auf Myrie zu, die aufgestanden war, um Dorothee zu begrüßen und nahm sie in die Arme. „Wunderbar, dass Sie gerade hier sind, Myrie."

„Guten Morgen, Frau Sander", erwiderte diese etwas verlegen.

Der Pastor zog noch einen Stuhl heran und goss eine dritte Tasse mit Kaffee voll.
„Kaffee, Dorothee?"
„Ja gerne, Herr Pastor."
Als alle wieder saßen, erklärte Ulf Peters Dorothee, dass er Myrie gerade etwas von ihr ausrichten wollte, aber dies könne sie ja jetzt selbst übernehmen.
Myrie schaute von einem zum anderen und verstand überhaupt nichts mehr.
Dorothee lachte und wandte ihre volle Aufmerksamkeit dem Mädchen zu.
„Meine Liebe, ich will oder muss morgen noch einmal für mindestens zwei Monate zu meiner Freundin nach Adelaide fliegen. Der Flug ist lang und ich bin nicht mehr die Jüngste. Ich wollte Sie fragen, ob Sie mich nicht begleiten könnten."
„Nach Australien?", staunte Myrie.
„Ja, wissen Sie, die ganze Plackerei mit den Koffern beim Ein- und Auschecken, die Wartezeit, das Umsteigen. Nun ja, ich hätte gern jemanden dabei, der mich unterstützt. Und außerdem bringt es viel mehr Spaß, wenn man nicht alleine reist. Ich mag Sie und könnte mir vorstellen, dass wir uns wunderbar vertragen würden."
Überraschung war gar kein Ausdruck dafür, was Myrie verspürte. Australien! Einen anderen Kontinent sehen?

Sie strahlte Dorothee an. Doch dann verdunkelte sich ihre Miene.

„Ich habe doch gar keinen Reisepass."

Ulf Peters räusperte sich.

„Bevor wir dich fragen wollten, habe ich mich erst einmal mit dem niederländischen Konsulat in Verbindung gesetzt. Man hat mir gestern neue Papiere für dich geschickt, nachdem man deine Identität durch die Zeugen des Prozesses über Frau Küliger bestätigt fand. Die Polizei in Lemmling musste ja schon vorher die Identitätsbescheinigung des letzten Waisenhauses herausrücken und beim Gericht hinterlegen. Richter Bartholo war maßgebend daran beteiligt. Ein feiner Mann, dieser Richter. Absolut korrekt und mit einem Durchsetzungsvermögen. Einfach toll!" Er schob schmunzelnd einen Umschlag über den Schreibtisch.

Dicke Tränen schoben sich in Myries Augen, als sie die Dokumente auspackte. Sie hatte wieder einen Ausweis.

Sie versuchte die Tränen wegzuwischen, sah die mitfühlende Freude auf den Gesichtern der Beiden und war so dankbar, dass sie es nicht in Worte fassen konnte.

„Ist das nicht toll!", rief Dorothee aus und legte einen Arm um sie. „Aber eines sag ich Ihnen, Myrie. Deshalb müssen Sie sich jetzt nicht zwangsweise verpflichtet fühlen, mich zu begleiten. Überlegen Sie es sich gut, ob Sie es möchten. Dann habe ich ein gutes Gefühl dabei. Aber ich würde mich wirklich freuen, wenn Sie sich entschließen könnten, mitzukommen."

Myrie nahm gerührt die Hand der älteren Frau.

„Ich bin ganz fassungslos, weil Sie mir eine solche Chance bieten. Ich begleite Sie gerne, Frau Sander. Oh mein Gott, ich bin noch nie geflogen. Das wird vielleicht aufregend." Doch plötzlich zügelte sie ihre Begeisterung. „Ich habe gar kein Geld für die Reise." Sie sagte dies ganz leise. „Ich möchte niemanden auf der Tasche liegen." Dorothee fiel ihr ins Wort.

„Na hören Sie! Ich bezahle natürlich alles. Sie sind sozusagen meine Gesellschafterin. Ich stelle Sie dafür ein. Sie brauchen kein schlechtes Gewissen haben, auf anderer Leute Kosten zu reisen. Sie müssen mir schließlich umfassend helfen, mit dem Gepäck und anderen Dingen. Wäre das in Ordnung für Sie?"

Myries Augen glänzten. Sie strich sich mit beiden Händen über die heißen Wangen.

„Angenommen!", lachte sie und wischte die letzten Tränen weg.

‚Reisen, wie herrlich', dachte sie, ‚und dann nach Australien. Und wenn diese Zeit vorbei war, würde sich alles finden.'

In diesem Augenblick fiel ihr etwas ein und ihr Herz schnürte sich wieder zu.

„Aber, die Hochzeit Ihres Sohnes. Sollte sie nicht in den nächsten Wochen stattfinden?“

Dorothee hob grinsend die Schultern und spitzte die Lippen.

„Das muss warten! Ich habe Raven gesagt, er solle sich unterstehen, in meiner Abwesenheit diese Frau zu heiraten. Er hat es versprochen. Ach, ich freue mich so, dass Sie mich begleiten, Myrie. Wir werden viel Spaß haben.“

Myrie wunderte sich zum hundertsten Mal über die unkomplizierte Art von Ravens Mutter und merkte, dass sie diese resolute Frau mächtig ins Herz geschlossen hatte. Sie wäre fast in Gelächter ausgebrochen über deren offensichtliche Schlitzohrigkeit, als sie spürte, dass Dorothee nicht mit der Brautwahl ihres Sohnes einverstanden war.

Dorothee Sander zwinkerte dem Pastor zu.

„Kann Myrie heute Nacht bei euch schlafen? Ich sehe, sie war eigentlich schon im Aufbruch und denke nicht, dass wir Amanda noch einmal behelligen sollten.“

„Kein Problem!“, erwiderte Ulf Peters sofort. Er sah Myrie an. „Wie sieht es aus?“

„Von mir aus gern, wenn es Sie nicht stört.“

Dorothee schwang sich aus dem Sessel.

„Gut, ich hole Sie morgen um 9 Uhr mit dem Taxi ab. Wir haben eine lange Fahrt vor uns bis zum Flughafen in Hamburg. Aber dann lassen wir es uns gutgehen."

Sie umarmte Myrie herzlich, klopfte dem Pastor auf die Schulter und verschwand durch die große Eichentür. Zurück blieb ein Hauch ihres süßlich duftenden Parfüms.

„Na, dann wollen wir Biggi mal informieren", schlug der Pastor vor. Er legte Myrie sanft die Hand auf den Arm, griff nach ihrer Reisetasche und schob sie durch den Eingang des Büros.

„Ich kann es immer noch nicht glauben", flüsterte sie.

Ein mildes Lächeln traf sie.

„Manche Situationen entwickeln eben ein Eigenleben. Und glaube mir, gerade dann ist mein Chef da oben bestimmt nicht unschuldig daran."

Seine Worte entlockten ihr ein Kichern. Er war einfach genial mit seinem Humor. Er und sein Chef da oben und die vielen Schutzengel, die sich an die Seite von Myrie gestellt hatten und ihr einen Weg zeigten, den sie weitergehen konnte.

In diesem Moment war sie so unsagbar dankbar, dass sie dachte, die Freude würde ihr Herz verbrennen.

Adelaide (20 Jahre zuvor)

Die Familiengemeinschaft der Higgertys wohnte in der Leonard Road auf einem eingezäunten Anwesen, einem riesigen Hof, wo sie sich größtenteils selbst versorgten und ziemlich isoliert lebten.

Mit achtzehn Jahren hatte Sophie mehr denn je das Bedürfnis aus der strengen Obhut ihrer Familie auszubrechen. Ihre Mutter war seit drei Jahren tot. Der Vater verschwunden, nach einem lautstarken Streit mit dem Oberprediger Daniel Kopp.

So stand sie inzwischen unter dem strengen Regiment ihrer Großmutter, der Schwester des Predigers, einer verhärmten unnachgiebigen Frau.

Mit der Zeit begann sie sich heimlich in der späten Abenddämmerung vom Grundstück fortzustehlen und auf der Mount Barker Road in den einige Kilometer weiter liegende Ortskern von Hahndorf zu eilen, wo sich auch damals schon die Touristen tummelten. In der Jugendgruppe der St.Pauls Church Gemeinde hatte sie eine Freundin gefunden, mit der sie sich wunderbar verstand. Dieses Mädchen mit dem Namen Melly verschaffte ihr viele Gründe, dem Elternhaus zu entfliehen. Im Gegensatz zu Sophie besaß sie ein wenig Taschengeld und schöne Kleidung, welche sie freimütig mit ihr teilte. Da Melly in der

Nähe der Kirche wohnte, war es ein Leichtes für Sophie, sich dort im häuslichen Kinderzimmer ihrer Freundin umzuziehen, um sich dann unter die Leute zu mischen. So ließ es nicht vermeiden, und im Grunde genommen wollten die Beiden es auch nicht vermeiden, dass sich innerhalb kurzer Zeit einige Jungs zu ihnen gesellten, mit denen sie auf der Mount Barker Road flanierten.

Sophie war zu einem bildhübschen Mädchen mit langen ockerfarbenen Haaren herangewachsen und in ihren grünen Augen glänzten kleine schwarze Farbtupfer. Ihre dicken Zöpfe hatte sie gelöst und so fiel ihre Haarpracht in geschmeidigen Wellen über ihre Schultern. Sie war sich sicher, dass keiner ihrer Verwandten sie je in dieser Erscheinung erkennen würde. Die jungen Kerle buhlten bereits um ihre Gunst.

Eines Abends, sie wollte sich gerade mit Melly zum Umziehen von ihren männlichen Begleitern verabschieden, fühlte sie sich beobachtet. An der Hauswand lehnte neben dem Eingang einer Disco-Bar ein großer schlanker Mann. Sein Gesicht blieb im Dunkel, aber sobald ihn ein Lichtstrahl von einer gegenüberliegenden Leuchtreklame erfasste, konnte sie erkennen, dass er sie anstarrte. Entgegen aller

Vorsicht lächelte sie ihn herausfordernd an.

In diesem Moment löste er sich von der Wand und schlenderte langsam zu ihr herüber. Melly zupfte sie am Ärmel, doch Sophie war ganz fasziniert von dem Unbekannten.

‚Endlich mal ein Mannsbild, nicht so ein Grünbart wie die Jungen aus der Gemeinde‘, dachte sie.

„Sophie, nicht“, flüsterte die Freundin neben ihr warnend. Doch sie war dermaßen auf diesen Mann fixiert, dass sie sich unwirsch von Melly löste und ihm ein paar Schritte entgegenging.

„Ich bin entzückt“, schmeichelte der Fremde. „Darf ich mich vorstellen, David McCollam.“ Seine Stimme hatte einen ausländischen Akzent. Sophie versuchte, die aufsteigende Röte im Gesicht zu verhindern, was ihr natürlich grenzenlos misslang.

„Sophie“, flüstert sie schüchtern.

„Hello Sophie!“ Jetzt konnte sie sein Gesicht erkennen. Blaue Augen, ein Drei-Tage-Bart und Lachfältchen. Sie war begeistert.

„Hast du Lust auf einen Spaziergang, Sophie?“, raunte er ihr zu.

Sie nickte, fast ein wenig zu heftig. Neben ihr erschien Melly und zupfte an ihrer Jacke. „Komm, wir müssen nach Hause!“

„Ach Melly, geht doch schon mal vor. Ich komme gleich nach, ok?"

Die Freundin warf ihr einen warnenden Blick zu und schüttelte den Kopf. Doch Sophie blieb fest in ihrem Entschluss und so verließ Melly sie schmollend.

Sie gingen langsam die Road hinauf, weg von dem Trubel der Hauptstraße, weiter weg von ihrem Zuhause.

David erzählte ihr von seinen Auftrag. Er war Ire, wie sie erfuhr. Seine irische Firma vermaß Land in den Adelaide Hills. Man wollte irgendwo östlich von Adelaide eine große Siedlung bauen, wofür die Firma engagiert worden war. Dann schwärmte er von seiner Heimat Irland und wie sehr er das Grün vermisste. Sophie selbst konnte und wollte nicht viel von sich preisgeben.

Aber über die strenge Herrschaft ihrer Großmutter sprach sie dann doch. Plötzlich merkte sie, wie spät es schon war. Schnell verabschiedete sie sich von David und rannte zum Haus ihrer Freundin. Doch dort war abgeschlossen. Es blieb ihr nichts anderes übrig, als mit den geliehenen Kleidern nach Hause zu schleichen.

Auf halben Weg hupte es unvermutet hinter ihr. Sophie sank das Herz in den Magen. Sekunden später hielt ein großer Transit neben ihr. Sie versuchte schneller zu laufen, war aber schon sehr erschöpft vom Weg.

„Hey, Sophie!“, ertönte eine Stimme, die sie augenblicklich als die des Iren identifizierte. Ruckartig blieb sie stehen und drehte sich um. David kam auf sie zugelaufen.

„Soll ich dich nach Hause fahren?“ Der attraktive Mann blieb stehen.

Sie zögerte. Auf keinen Fall durfte er sehen, wie ärmlich sie hauste. Aber die Verlockung war zu groß. Sie rang sich ein Lächeln ab.

„Na gut, ein kleines Stück fahre ich mit.“ Ihre Stimme klang zittrig. Wollte sie wirklich zu einem Fremden ins Auto steigen?

‚Na ja, er wirkt doch sehr nett und anständig.‘ Damit kletterte sie auf den Beifahrersitz. David schlug die Türen zu und startete.

„Und wohin soll ich dich bringen?“ Seine Augen glühten, was bei ihr ein schauriges Kribbeln am gesamten Körper verursachte. So hatte sie sich noch nie gefühlt.

„Ich … also … ich weiß nicht. Eigentlich …“, stammelte sie.

Er zwinkerte ihr zu. „Aber ich weiß etwas! In einer halben Stunde könnten wir am Meer sein. Weißer Sandstrand und so. Na, wäre das etwas?“

„Zum Meer? Da war ich noch nie!“ Sophies Augen strahlten nun in einer Intensität, dass David kaum den Blick von ihnen nehmen konnte.

„Natürlich nur, wenn du möchtest und noch Zeit hast." Nun war es an ihm zu zögern. Auf was ließ er sich da ein? In ein paar Wochen war sein Job hier getan. Dann ging es zurück nach Irland. Aber diese Schönheit hatte es ihm angetan. Also fuhr er los Richtung Küste. Als sie dann zusammen am Strand barfuß in der Nacht auf den mit Sternen übersäten Himmel schauten, bereute er seine Entscheidung mit keiner Faser seines Körpers. Vorsichtig legte er einen Arm um Sophie.

Die junge Frau glaubte in diesem Moment, dass Gott ihr einen Engel geschickt hatte. Einen Engel aus Irland. Vertrauensvoll schmiegte sie ihren Körper an seinen. Ein Lächeln huschte über ihr im Mondlicht schimmerndes Gesicht.

David sah es und konnte sich nicht mehr beherrschen. Ganz sanft drehte er sie zu sich herum und küsste sie zärtlich auf die Lippen. Diese bisher ungeküssten Lippen begannen sich auf einmal auf unglaubliche Weise selbstständig zu machen. Als wäre sie nur ein stiller Beobachter, spürte Sophie das Verlangen ihres Körpers in vollem Ausmaße. David reagierte sofort.

Ohne weiter nachzudenken, breitete er seine Jacke auf dem Sand aus, hob Sophie darauf und liebkoste sie im Schatten der

Nacht. Es zählte keine Zeit, kein Ort. Sie nahmen gegenseitig den Duft des anderen war, spürten das Salz auf dessen Haut und vergaßen den Wellenschlag des Ozeans.

Mit glühenden Wangen rannte Sophie später zum Hof zurück. Sie hatte David gebeten, sie an der Abzweigung zur Leonard Road aus dem Auto zu lassen. Sie gaben sich gegenseitig das Versprechen, dass sie sich in den nächsten Tagen wieder bei der Disco-Bar treffen würden.

Als sie endlich ins Haus schleichen wollte, es war bereits um die drei Uhr in der Frühe, baute sich plötzlich eine Gestalt vor ihr auf. Emilie stand drohend in der Wohnzimmertür. „Wo kommst du her?"

Der gefährliche Unterton in ihrer gesenkten Stimme entging Sophie nicht. Aber bevor sie überhaupt antworten konnte, packte ihre Großmutter sie, schleifte sie aus dem Haus und gab ihr eine schallende Ohrfeige. Sophie hielt sich die schmerzende Wange und versuchte, nicht loszuheulen.

„Was hast du da überhaupt an?", blaffte ihr Gegenüber.

„Ich …, meine Freundin hat mir die Kleider geliehen", erklärte sie geistesgegenwärtig. „Meine sind zerrissen. Ich … bin an einem Zaun hängengeblieben." Sie fand ihre Erklärung eigentlich ganz gut, doch Emilie kniff ärgerlich die Augen zusammen.

„Geh, wasch dich, du bist ja über und über mit Sand bedeckt."

Mit einem festen Griff schubste sie Sophie zum alten Brunnen neben dem Haus.

„Heute Nacht schläfst du im Schuppen und ab morgen hast du Hausarrest!", grollte die Alte, während Sophie sich mühsam mit dem eiskalten Brunnenwasser wusch.

„Oh nein, bitte Großmutter, kein Arrest", flehte sie, und konnte kaum noch die Tränen unterdrücken.

Doch der Groll der Frau ließ nicht nach. Unwirsch zerrte sie das Mädchen in den Hühnerstall und schloss von draußen ab.

Sophie ließ sich ins Heu fallen und vergrub ihr Gesicht in den Händen. Dann aber richtete sie sich auf. Diese Nacht mit David konnte ihr niemand mehr nehmen. Bei nächster Gelegenheit würde sie flüchten und mit ihm nach Irland fahren. Trotz der unbequemen und verzweifelten Lage, in der sie sich befand, schlief sie erschöpft ein.

Ihre Flucht wurde allerdings verhindert. In den nächsten Wochen wurde sie so streng beobachtet und mit allen möglichen Dingen beschäftigt, dass sie weder aus dem Haus kam noch nach Hahndorf laufen konnte. Irgendwann hörte sie draußen Stimmen, dann schlug eine Wagentür zu.

War es David gewesen? Sie sollte es nie erfahren.

Adelaide (Gegenwart)

Veronica hatte schweigend der zaghaften Erzählung von Sophie gelauscht. Als Journalistin war sie es gewohnt, Fragen zu stellen. Doch in diesem Fall hatte sie sich zurückgehalten. Nun aber nahm sie die Hand ihres Gegenübers.

„Und dann wurden Sie schwanger, nicht wahr?" Sophie nickte.

„Sie haben mir das Kind nicht gleich nach der Geburt weggenommen, sondern erst nach drei Wochen. Die Kleine war so süß. Ich wollte sie behalten. Meine Großmutter aber sagte, sie würden das Kind zur Adoption freigeben. Sie hätten schon jemanden, der das Balg nehmen würde."

„Wie hartherzig!" Veronica war erschüttert.

„Und dann wurde sie wahrscheinlich von einem Ihrer Leute ins Flugzeug geschmuggelt, wo man sie später in Amsterdam gefunden hat. Was gibt es nur für grausame Menschen!"

„Oder es wurde jemand beauftragt, der das tat", warf Sophie ein.

„Ja, das kann auch sein", stimmte ihr die Journalistin zu.

„Ich bin so froh, dass sie am Leben ist", schluchzte Sophie jetzt. „Wie oft hab ich gedacht, ich muss sie suchen. Wie oft hab ich gedacht, David kommt zurück und ich muss ihm erklären, dass wir ein Kind zusammen haben und ich aber nicht weiß, wo es ist."

Veronica hatte ihr bisher noch nicht erzählt, dass Myrie bereits auf dem Weg nach Adelaide war. Als sie es ihr jetzt erklärte, begann die Frau an ihrem Tisch heftig an zu zittern.

„Oh mein Gott, oh mein Gott … wirklich?"

„Ja, wirklich und wir werden ein Treffen organisieren, damit Sie sich kennenlernen können."

„Aber, wo soll sie wohnen? Ich kann sie doch nicht zum Hof mitnehmen? Man hat mich damals kurzfristig mit Betvater Salms Higgerty verheiratet, bevor die Kleine kam. Nachher hatte man allen erzählt, sie sei gestorben."

„Myrie wird bei meiner Freundin Dorothee wohnen, anders gesagt, natürlich in meinem Haus in Adelaide. Und Sie, liebe Sophie, sind auch eingeladen zu mir zu kommen. Aber nein, am besten ist, ich hole Sie in zwei Tagen ab. Packen Sie sich ein paar persönliche Dinge ein. Ich hole Sie direkt vom Hof ab. Was meinen Sie?"

Sophie straffte sich plötzlich. Sie hatte wieder Farbe auf den Wangen und wirkte wie erweckt.

„Einverstanden! So machen wir es. Danke für Ihre Hilfe. Ich werde einfach gehen, so wie ich es schon vor etlichen Jahren hätte tun müssen."

Auf dem anderen Kontinent

Der Flug war berauschend gewesen, lang aber faszinierend. Myrie konnte sich an der Wolkenkulisse kaum satt sehen.

Sie waren die Strecke über Dubai und Hongkong geflogen. Es gab zwei Zwischenstopps, bei denen sie das Fluggelände jedoch nicht verlassen konnten. Aber das war Myrie egal. Sie hatte so viel zu sehen, so viel zu beobachten.

Dorothee freute sich mit ihr. Das reizende Mädchen war ihr ans Herz gewachsen. Sie war ihr allerdings tatsächlich auch eine große Hilfe auf der Reise.

Insgeheim war sie gespannt auf das Treffen ihres Schützlings mit der Frau in Adelaide, die vermutlich verwandt mit ihr war. Veronica hatte ihr eine kurze SMS geschrieben, dass sie diese Frau getroffen hatte und eine Überraschung auf sie wartete.

Endlich, nach fast zwei Tagen Reisezeit, standen sie bei grellblauem Himmel vor einem roten Backsteinhaus mit riesigen Erkerfenstern. Vor dem Gebäude ragten zwei buschige Palmen auf und der gemauerte Zaun mit den verschnörkelten Eisengittern wirkte wie eine goldene Festung aus dem Märchen. Sie schritten durch den überdachten viktorianischen Eingang.

Veronica stand bereits an der verzierten Glastür und breitete strahlend ihre Arme aus, um Dorothee in dieselben zu schließen.

„Ach Doro, wie herrlich, dass du dich nach so kurzer Zeit noch einmal entschlossen hast, den weiten Weg zu mir zu finden."

Dann schaute sie zu Myrie und ihre Züge wurden noch weicher. Kaum konnte sie ihre Überraschung verbergen. Diese junge Frau ähnelte Sophie so sehr, dass niemand eine Verwandtschaft abstreiten konnte. Sie gab ihr freundlich die Hand.

„Hallo Myrie! Schön, dass Sie da sind. Ihr müsst erschöpft sein von dem langen Flug und durstig. Kommt erstmal herein. Ich zeige euch eure Zimmer."

In diesem Augenblick kam ein gut aussehender Mann in einem dunkelblauen Anzug aus dem Nebenzimmer. Er reichte ihnen auf einem Tablett Gläser mit gekühltem Wasser und Zitronenscheiben.

„Das ist Georg, mein Butler sozusagen. Das Herz dieses Hauses. Er unterstützt mich, wo auch immer ich Hilfe brauche. Danke Georg für die Getränke. Ich führe unsere Gäste jetzt selbst in ihre Zimmer."

Georg nickte kurz.

„Sehr wohl, gnädige Frau."

Wenn Myrie schon vom Äußeren des Hauses begeistert gewesen war, so kannte ihr Staunen nun bei Betrachtung der hellen modern eingerichteten Räume keine Grenze mehr.

Ihr geräumiges Schlafzimmer war mit einer fliederfarbenen Stofftapete ausgekleidet. Die Bettwäsche farblich angepasst. Weißes Mobiliar und diverse Grünpflanzen schmückten den Raum. Weißeingefasste Aquarellbilder von schönen australischen Landschaften rundeten die Gemütlichkeit ab. Zu jedem Schlafzimmer gehörte ein eigenes kleines Bad.

Das Zimmer von Dorothee stand dem in nichts nach. Bei ihr gab es dezente Rosenmuster zu weißen Möbeln und herrliche Sonnenuntergangsbilder.

Gegen 17 Uhr waren sie angekommen, um 18 Uhr trafen sie sich bereits zum Abendessen auf der riesigen Veranda der Villa. Die Temperatur maß immer noch 25 Grad, Spätsommer eben. Die Umstellung von dem kalten Frühling auf der anderen Seite der Welt zur Hitze in Adelaide machte Dorothee ziemlich zu schaffen. Der Jetlag tat das Seinige dazu. Kurz nach Beendigung des Essens entschuldigte sie sich und ging zu Bett.

Myrie saß mit Veronica am Tisch. Die Vögel zwitscherten und es war dermaßen friedlich, dass ihr beinahe die Tränen kamen.

Die Frauen hatten ihr das *Du* angeboten und sie fühlte sich willkommen. Ihre Gastgeberin räusperte sich.

„Myrie, ich muss dir etwas sagen. Morgen werden wir eine Besucherin empfangen."

„Ja?" Myrie schaute sie fragend an.

„Nun, du wirst dich wundern, wenn du diese Frau siehst."

„Warum?"

„Sie sieht dir ähnlich."

„Was?"

„Weißt du, Dorothee hat beim letzten Mal, als sie bei mir war, auch diverse hiesige Zeitungen durchgeblättert und gelesen. Hauptsächlich Kultursachen und so etwas. Und als sie dann wieder in Deutschland bei ihrem Sohn war und dich dort kennen- gelernt hat, war sie total verblüfft."

„Wieso denn?" Myrie verstand immer noch nicht, worauf Veronica hinaus wollte.

„Nun ja, auf einem der Fotos hat sie eine Frau entdeckt, die dir sowas von ähnlich sieht, dass sie dachte, das kann kein Zufall sein."

Ihr Gast schnappte nach Luft.

„Und … und deshalb sollte ich mitkommen? Hierher nach Adelaide, nur deshalb?"

„Nein, nicht nur deshalb", Veronica legte ihr eine Hand auf den Arm und lächelte diesmal verschmitzt. „Sie wollte auch verhindern, dass ihr Sohn Raven dieses vermaledeite Frauenzimmer Amanda heiratet. Solange sie nicht zurück ist, wird die Hochzeit verschoben. Und glaub mir, Dorothee wird Mittel und Wege finden, eine Heirat ganz zu vereiteln."

So sehr Myrie sich auch freute, dass jemand sich bemühte Ravens Hochzeit zu verhindern, so sehr fühlte sie sich auch überrumpelt von den beiden Frauen. Hätte Dorothee ihr nicht sagen können, was auf sie zukam? Hätte sie sie nicht fragen können, ob sie überhaupt wissen wollte, ob diese fremde Frau mit ihr verwandt war? Abrupt erhob sie sich.

„Entschuldige, Veronica, ich bin ziemlich übermüdet. Gute Nacht."

„Gute Nacht!", rief Veronica. „Und bitte sei nicht böse. Wir meinten es doch nur gut."

Ob Myrie das überhaupt noch gehört hatte, konnte sie nicht sagen. Seufzend goss sich die Journalistin noch einen Schluck Wein ins Glas. Sie dachte an das Städtchen Hahndorf, aus dem Myrie vermutlich stammte, mit den vielen Touristenattraktionen, dem Weinbau und den Erdbeerplantagen. Es gab dort eine Holzspielzeugfabrik und das angeblich "größte Schaukelpferd der Welt". Aber auch einige wenige kleine Enklaven höchst sittsamer religiöser Familien, die meist für sich lebten und den ganzen Rummel in ihrer Stadt verpönten. Laut Sophies

Erzählungen könnte Myrie genau daher stammen.

Der nächste Tag begann mit einem gemeinsamen Frühstück. Myrie war sehr schweigsam. Veronica hatte Dorothee informiert, was sie dem Mädchen bereits angedeutet hatte und war jetzt auf dem Weg, um Sophie aus Hahndorf abzuholen.

Myrie war am Abend zuvor gleich in das gemütliche Bett gehuscht, hatte aber keine Ruhe finden können. Tausend Gedanken waren durch ihren Kopf gejagt. Unzählige Fragen. Irgendwann, als die Uhr auf ihrem Nachttisch bereits zwei anzeigte, war sie ermattet zum Fenster geschlichen, hatte hinausgeblickt auf die vereinzelnden Lichter der Nacht und war mit dem Schwur, sich nicht mehr beeinflussen zu lassen, zurück unter die dünne Baumwolldecke geschlüpft. Nun fühlte sie sich total zerschlagen. Auch ihr machte die Zeitverschiebung Probleme. Müde rieb sie sich die Augen.

„Myrie", nahm Dorothee behutsam das Gespräch auf, „bitte nimm mir meine Aktion nicht übel. Es war Zufall, dass ich bei meinem letzten Aufenthalt einen Artikel mit dem Foto dieser Frau sah."

Myrie hob den Kopf. „Aber du hättest es mir doch sagen können."

„Ich wollte erst einmal sicher gehen, ob Veronica Erfolg hat, diese Frau ausfindig zu

machen. Es passierte alles so kurz hinter einander und wir mussten ja irgendwie weg aus Hejdekov. Du warst ja bereits auf dem Weg wieder weiterzuziehen."
„Ja das stimmt. Ich konnte nicht länger bei Amanda bleiben. Es ging nicht."
„Siehst du, daher musste ich handeln und habe unsere Reise als den idealen Grund gesehen, dass du nicht plötzlich im Nichts verschwindest. Außerdem wollte ich dir auch so helfen, damit du nicht wieder auf der Straße landest."
„Das ist mir schon klar", erwiderte Myrie. „Ich weiß nur nicht, ob ich das überhaupt möchte. Meine Familie kennenlernen, falls sie es ist. Die haben mich offensichtlich damals einfach ausgesetzt. Verstehst du, warum sollte man mich heute kennenlernen wollen?"
„Soweit ich Veronica verstanden habe, bist du unehelich geboren, was damals in dieser stark religiösen Gemeinde als eine Schande galt. Deine Mutter war erst achtzehn bei deiner Geburt. Die Familie hat über alles bestimmt, soweit ich weiß. Vermutlich hat man sie gar nicht mit einbezogen, als man dich weggab, Myrie. Warte einfach ab, was dein Gefühl dir sagt, wenn du deine mutmaßliche Mutter siehst. Wir stehen an deiner Seite. Du sollst nichts tun, was du nicht möchtest, nur einmal die Chance haben, zu entscheiden, ob es

wirklich einen Weg zur Aufdeckung der Vergangenheit gibt."

Myrie holte tief Luft.

„Gut, ich werde mir anhören, was sie zu sagen hat."

Dorothee stand vom Frühstückstisch auf und umarmte das Mädchen.

„Wunderbar! Aber bis die Beiden wieder hier sind, gehen wir Beide mal shoppen. Es gibt hier herrliche Bekleidungsgeschäfte. Du hast noch kein Gehalt von mir bekommen, daher werden wir jetzt etwas Schönes zum Anziehen für dich kaufen."

Myrie wollte noch das Geschirr abräumen, doch Dorothee winkte ab.

„Das ist nicht nötig. Georg ist dafür zuständig."

Irritiert stellte Myrie das Porzellan wieder auf den Holztisch und ergab sich ihrem Schicksal.

Nach drei Stunden erkannte sie sich fast selbst nicht mehr wieder. Die frische Frisur, das Sommerkleid samt Jacke und Schuhen waren nicht das Einzige, was ihre Begleiterin ihr kaufte. Mit mehreren vollen Taschen kehrten sie zur Villa zurück.

Myrie hatte fast vergessen, warum sie morgens noch so bedrückt gewesen war.

Sophie

Mit beherzten Schritten ging Veronica auf das graue Hauptgebäude des ziemlich heruntergewirtschafteten Anwesens zu.

Im Hof war niemand zu sehen und so klopfte sie mit dem alten Eisenring gegen die rote abgeblätterte Haustür. Zuerst geschah gar nichts, so dass sie schon dachte, dass eventuell alle auf dem Feld waren, das an den Hof grenzte.

Doch plötzlich vernahm sie schwere Schritte, die Tür wurde geöffnet und eine verhärmt aussehende Alte starrte sie an. Sie stemmte beide Fäuste in die Hüften und musterte Veronicas vornehme Stadt-kleidung.

„Was wollen Sie?", blaffte sie.

Die Journalistin versuchte ein verbindliches Lächeln aufzusetzen.

„Ich möchte zu Sophie Higgerty!"

„Was wollen Sie von ihr?"

„Wir müssen nochmal über eine Wohl-tätigkeitsveranstaltung sprechen."

Diese Ausrede hatte sie mit Sophie abgesprochen.

„Sie hat mir gar nichts davon erzählt", knurrte ihr Gegenüber, rief aber dann nach hinten ins Haus. „Sophie, hier ist eine Dame wegen deiner Wohltätigkeitsarbeit!"

‚Das wäre schon mal geschafft‘, dachte Veronica. ‚Jetzt muss ich sie nur noch zum Auto kriegen.‘

In diesem Moment erschien ein älterer streng aussehender Geistlicher neben ihr. Seine Hand umklammerte eine Mistforke.

„Wer sind Sie?“ Seine barsche Stimme ließ sie zusammenzucken. Sie konnte allerdings nicht mehr antworten, denn soeben tauchte Sophie in der Tür auf. In der einen Hand trug sie eine kleine Reisetasche.

„Was wird das denn, Weib?“, polterte Salms Higgerty los. Er packte die Gabel fester und wollte sich mit erhobener Hand an Veronica vorbeidrängen.

Geistesgegenwärtig stellte diese sich zwischen Sophie und ihren Mann. So gelang es der jungen Frau sich nach draußen hinter sie zu schieben.

„Ich gehe!“, verkündete sie knapp.

Emilie beobachtete das Ganze von der Wohnungstür aus. Sie runzelte die Stirn.

„Was hat das zu bedeuten?“

„Das bedeutet, dass ich nicht mehr hierbleibe. Ich werde ab sofort mein eigenes Leben führen.“ Trotzig schob Sophie ihre Oberlippe vor. „Ihr habt mich genug schikaniert.“

„Du bist mit mir verheiratet!“, brüllte Salms sie an. Schritt für Schritt wichen Sophie und Veronica vor ihm zurück.

„Sie wollen ein gottesfürchtiger Mann sein?", konterte Veronica dazwischen. „Sie schlagen Ihre Frau?"

Salms senkte den Arm, hieb die Forke in den harten Boden und funkelte sie an.

„Was geht Sie das an?"

„Ich bin im Verein zum Schutze von misshandelter Frauen!", behauptete sie kühn, obwohl das gar nicht zutraf. „Und ich bin Journalistin. Ich könnte natürlich hierüber schreiben. Dann würden Sie aber schlecht dastehen in Ihrer frommen Gemeinde."

„Das hat doch wohl nichts mit diesem irischen Kerl zu tun, der dir dieses Balg verpasst hat, dieser McCollam?", zischte Emilie dazwischen.

Sophie riss die Augen auf.

„Woher weißt du von David? Ich habe niemals seinen Namen erwähnt!"

Veronica legte wachsam einen Arm um ihre Schultern.

„Das ist ja eigenartig. Erklären Sie es uns."

Sogar Salms schaute total perplex aus. Er wusste davon offenbar gar nichts, das wurde Veronica sofort klar. Sophie hatte niemanden von David erzählt. Emilie wand sich unter ihrem Blick. Sophie sah zum ersten Mal, dass ihre resolute Großmutter um Fassung rang.

„Woher kennst du seinen Namen?", forderte sie noch einmal.

Emilie schluckte und erwiderte bestimmt: „Er ist damals hier gewesen. Er wollte dich sprechen und dich mit nach Irland nehmen. Das konnte ich doch nicht zulassen. Ich habe ihn vom Hof gejagt."

Ihre Enkeltochter begann zu zittern und dann in sich hinein zu weinen. Veronica stützte sie. ,Gleich bricht sie mir zusammen', befürchtete sie.

„Was sind Sie nur für böse Menschen", brach es schließlich aus ihr heraus.

„Gönnen Ihre Enkelin nicht das geringste Glück. Er hätte sie sicherlich geheiratet, wenn er von dem Kind erfahren hätte. Dann wäre die von Ihnen so hoch bedeutende Schande erledigt gewesen. Und dann verheiraten Sie Sophie mit einem wesentlich älteren Mann, mit dem sie nie glücklich wurde."

„Wir sind nicht verheiratet", murmelte Salms.

Sophie hob den Kopf und Veronica starrte den ihr so unsympathischen Mann an.

„Wie bitte?"

„Es war eine Scheinhochzeit, um die Schwangerschaft zu decken", erklärte er. Das Unbehagen stand in seinem Gesicht.

Emilie hatte sich wieder etwas gefangen.

„Es gibt keine Heiratsurkunde", erklärte er.

„Zu unserer Schande muss ich gestehen, dass wir dich einfach nur bei uns behalten wollten. Die Gemeinde wird immer kleiner.

Jeder junge Mensch auf unserem Hof wollte wegziehen."

„Und ihr gebt mein Kind weg? Setzt es aus in einem Flugzeug?"

„Was sagst du da? Wir haben das Mädchen in eine Pflegefamilie gegeben!" Emilie starrte Salms stirnrunzelnd an. „Oder?"

Der räusperte sich schuldbewusst.

„Die Pflegefamilie hatte einen Rückzieher gemacht. Die ganze Sache lief unter höchster Verschwiegenheit. So schnell fanden dein Bruder Daniel und ich keinen Ersatz. Er ist deshalb zum Flugplatz, hat ein Ticket gekauft, hat die Reisetasche mit dem Baby aufgegeben, ist aber gar nicht mitgeflogen."

„Oh mein Gott!", entfuhr es Veronica. „Das Kind hätte sterben können. Verdursten, verhungern. Was sind Sie nur für hartherzige Menschen! Und Sie bezeichnen sich als religiös."

Man sah, wie Salms sich wand. Auch Emilie schien plötzlich zu erkennen, welch ein grausames Spiel sie mit Sophie und dem Baby getrieben hatten.

„Vielleicht ist es auch gestorben", flüsterte sie mit kratziger Stimme. „Ich bereue zutiefst, was geschehen ist."

Sophie hatte sich wieder gefasst. Einige Zeit schaute sie von einem zum anderen.

„Das Kind lebt!", verkündete sie dann. „Myrie befindet sich bei Veronica. Durch

Gottes Fügung werde ich sie wiedersehen, nicht durch eure heuchlerische Frömmigkeit." Damit drehte sie sich um und ging Richtung Auto.

„Warte!", rief Emilie ihr nach. „Ich habe etwas für dich." So schnell sie es in ihrem Alter bewerkstelligen konnte, huschte sie ins Haus, rannte in ihr Schlafzimmer und holte eine kleine Schachtel hervor.

Ungeöffnet brachte sie diese zum Auto, in das Sophie bereits eingestiegen war.

Veronica stand noch daneben, als die alte Frau es nach Atem ringend erreichte.

Das war eine andere Frau als noch vor einigen Minuten. Demütig hielt sie die Schachtel ihrer Enkelin entgegen.

„Vielleicht kann dir dies weiterhelfen. Ich weiß, du wirst mir nie verzeihen können. Das Leben hat mich hart gemacht nach dem Tod meines lieben Mannes, deines Großvaters, und dem Tod deiner Mutter kurze Zeit später. Ich hoffe nur, du wirst jetzt endlich glücklich."

Tatsächlich schimmerten ein paar Tränen in ihren Augen, als Sophie das Kästchen entgegennahm.

„Danke", brachte diese fast tonlos hervor.

„Vielleicht kannst du mir irgendwie mitteilen, wie es dem Kind ergangen ist und ob es ihr gut geht. Auch wenn ich wohl nicht das Recht habe, dies von dir zu erbitten. Gott schütze dich, Sophie."

Salms Higgerty hatte nichts mehr gesagt. Er stand mit hängendem Kopf neben dem Hauseingang. Fast taten Veronica die alten Leute leid. Aber dann schwang sie sich hinter das Lenkrad, gab Gas und fuhr vom Anwesen der Higgertys, welches sie hoffentlich nie wieder betreten würde.

Nachdem sie ein paar Kilometer gefahren waren, hielt sie an einem kleinen Bistro.

„Wir werden uns jetzt erst einmal stärken. Okay?"

Sophie, die noch immer die kleine Schachtel in ihren Händen betrachtete, ohne sie zu öffnen, nickte. Sie hatte vor lauter Aufregung so gut wie gar nichts gegessen. Ihr Magen knurrte bereits unnachgiebig.

„Ich habe von der letzten Veranstaltung im Ort etwas Trinkgeld gespart. Ich werde mir etwas zu essen kaufen."

„Nein, nein, sparen Sie Ihr Geld. Ich bestelle uns ein Frühstück und vielleicht sollten Sie dann mal nachsehen, was in der Schachtel ist."

„Ja, das muss ich wohl." Aber bevor sie dies tat, genossen die Beiden die leckeren Brötchen und ihren Kaffee. Sophie war in Geduld geübt. Sie ließ sich Zeit. Veronica, die ihr spontan das Du angeboten hatte, wurde jedoch schon ganz zappelig.

„Aber jetzt", drängte sie. „Ich bin so gespannt auf den Inhalt."

Seufzend hob Sophie den Deckel an und legte ihn auf den Tisch.

Es war ein Bündel Briefe, zusammengebunden, fünf Stück an der Zahl und aus Irland. David McCollam war der Absender. Sophie schlug die Hände vors Gesicht.

„Oh mein Gott, er hatte mir damals geschrieben." Die Tränen flossen nun.

Veronica nahm den Umschlag des ersten ungeöffneten Briefes in die Hand und las das verschwommene Frankierdatum.

„Das ist mehr als neunzehn Jahre her." Sophie nahm eine Klammer aus ihrem Haar und schnitt vorsichtig den Rand auf. Sie strich über die Zeilen des Briefpapiers. Dort stand:

Geliebte Sophie, mein Abendstern, ich musste fort, hatte aber versucht, dich auf eurem Hof zu erreichen. Doch deine Leute haben mich fortgeschickt und behauptet, dass du dort nicht mehr wohnst. Ich glaube ihnen nicht. Deshalb schreibe ich dir, in der Hoffnung, dass der Brief bei dir ankommt. Bitte melde dich bei mir. Ich habe das Gefühl, ohne dich nicht mehr leben zu können. Vom ersten Augenblick an wusste ich, nur dich würde ich lieben. Deine Augen, dein seidiges Haar und deine grazile Natürlichkeit haben mich gefangen. Danke für die schönen Stunden, mein Herz.

Dein dich liebender David

Wieder wurden ihre Augen feucht.

 Sie las einen Brief nach dem anderen mit verschleiertem Blick. Aus jedem sprang ihr Davids Sehnsucht entgegen. In jeden betitelte er sie mit *mein Abendstern*.

 Das rührte sie tief. Was hätte aus Ihnen werden können? Ein Jahr lang hatte er geschrieben. Zuletzt zu Weihnachten, elf Monate nach ihrer Trennung. Weitere Briefe gab es nicht. Wahrscheinlich hatte er irgendwann aufgegeben oder ihre Großmutter hatte die weiteren vernichtet. Dass sie sie nicht geöffnet hatte, wunderte Sophie. Aber daran könnte natürlich ihre Gottesfurcht sie gehindert haben.

 Der letzte Brief war kurz vor Weihnachten im Jahr ihrer Trennung abgeschickt worden. Dort schrieb er:

Liebste Sophie, mein Abendstern,
bisher war all mein Hoffen auf eine Antwort von dir vergebens. Ich bin tief traurig darüber, denn morgen muss ich für mehrere Monate nach Indien fliegen. In der Nähe von Bombay soll ein großes Areal vermessen werden, auf dem ein neues SOS-Kinderdorf entsteht. Es ist möglich, dass ich dort bleiben muss bis die gesamte Fläche baubereit ist. Ich beteilige mich gerne daran, weil es einem guten Zweck dient.

Geliebte, meine Sehnsucht nach dir wächst mit jedem Tag. Falls es dir möglich ist, mir eine Nachricht zukommen zu lassen, schicke sie an die Adresse meiner Eltern in Irland, die ich dir unten aufgeschrieben habe. Ich habe sie eingeweiht und sie werden mir meine Post nachsenden. Ich vermisse dich so sehr und dass ich nicht weiß, wie es dir geht, macht mich fertig.

Du Stern meines Herzens, wie kann ich dich nur erreichen? Eine Reise nach Adelaide kann ich im Moment nicht finanzieren. Aber vielleicht nach unserem Großauftrag in Bombay. Mögen die Engel dich beschützen.

In tiefer Liebe dein David

‚Offensichtlich war er nicht nach Adelaide gereist‘, dachte Veronica. ‚Wer weiß, was aus ihm geworden ist.‘

Neben ihr seufzte Sophie, fuhr sich über die feuchten Augen und steckte den Brief wieder in den Umschlag.

„Sie wohnen in Dublin“, flüstere sie nur.

Schließlich brachen sie auf. Sophie war unglaublich angespannt in Erwartung auf ihre Tochter. Was sollte sie ihr nur sagen?

Sie fuhren auf dem Princes Highway zurück, vorbei am Mount George und dem baumreichen Cleland Conversations Park.

Vereinzelnd spürte man bereits, dass sich das dunkle Sommergrün in buntes goldgelbliches Herbstlicht veränderte.

Hejdekov

Die ersten Winterlinge und Schnee-
glöckchen lugten aus dem Boden, hier und
da schoben sich bereits lila und gelbe
Häubchen der Krokusse durch die tauende
Erde. Vorsichtig tasteten sie nach den
wärmenden Sonnenstrahlen, welche die
noch zum Teil mit Schnee bedeckte Wiese
hinter dem Haus überfluteten.

Raven stand nachdenklich am Fenster
seines Wohnzimmers und rieb sich die
Schläfen. In der letzten Zeit hatte er
schlecht geschlafen, war übermüdet und
mit sich selbst im Unreinen. Er wusste
natürlich auch warum, aber hatte bisher
noch keinen Ausweg aus seinem Dilemma
gefunden. Heute, nach dem Telefonat mit
seiner Mutter, war er zu dem Entschluss
gekommen, etwas unternehmen zu müssen. Dorothee hatte ihn gebeten, umgehend nach Adelaide zu kommen. Sie
benötige Unterstützung, meinte sie. Wie
schon so oft, hatte sie sich über den Rest
ausgeschwiegen, auch wenn er wusste,
dass sie Myrie mit ihrer Mutter zusammen-
bringen wollte

‚Wenn ich hinfliege, werde ich Myrie
treffen. Ist das gut? Für sie und auch für
mich?‘, fragte er sich. ‚Natürlich möchte
ich sie wiedersehen. Aber was sage ich
Amanda?‘

Sein Blick fiel auf das Jesuskreuz an der Wand. Die frühe Sonne schien es in ein besonderes Licht zu hüllen. Ein Blinken, ein Schimmern. Raven rieb sich die Augen.

Als hätte dieses Schimmern ihm einen Wink gegeben, wurde ihm mit einem Mal klar, was er zu tun hatte. Schnell rasierte er sich, zog sich an und warf sich seinen Mantel über. Zwanzig Minuten später stand er vor Amandas Haus und klingelte.

Das neue Dienstmädchen öffnete und führte ihn in den Salon. Kaum, dass er seinen Mantel abgelegt hatte, rauschte Amanda in einem grasgrünen Overall aus Samt in den Raum auf ihn zu und gab ihm einen Kuss auf die Wange.

Raven versuchte, sich innerlich zu festigen.

„Raven, was für eine Überraschung!", flötete Amanda. „Wollen wir zusammen frühstücken?" Wie es so ihre Art war, wartete sie gar nicht erst ab, was er antwortete, sondern klingelte nach Doris, dem neuen Mädchen, und orderte Kaffee und Brötchen.

„Setz dich doch", sie zeigte auf das kleine Tischchen am Fenster, von wo aus man einen wunderschönen Ausblick auf den winterlichen Garten hatte.

Als sie alles hatten, trank Raven erst einmal einen Schluck Kaffee.

„Amanda", begann er mit fester Stimme, „ich muss etwas mit dir besprechen."

Sie zog die Augenbrauen hoch.

„So? Was denn?“

„Ich … werde für ein paar Wochen nach Australien fliegen.“

 Seine Verlobte öffnete den Mund, schloss ihn aber gleich wieder und sah ihn nur fragend an. Eine seltene Reaktion von ihr, die Raven wunderte.

„Es ist so“, sprach er schnell weiter, ehe sie Worte fand. „Meine Mutter hat mich gebeten, ihr in irgendeiner Angelegenheit zu helfen. Ich weiß noch nicht einmal, um was es geht, aber ich möchte ihr den Wunsch nicht abschlagen.“

„Ja ja, deine Mutter“, nickte Amanda. „Geht es da nicht eher um Myrie, die kleine Rumtreiberin.“ Sie hatte natürlich von Myries Reise mit seine Mutter gehört.

„Nenne sie nicht so“, fast wäre er aufgebraust, konnte seine Stimme zum Glück aber noch senken. „Für ihre Situation kann sie nichts.“

„Nein, natürlich nicht, Raven“, erwiderte Amanda spitz. „Aber das ändert nichts daran, dass sie dich liebt und dich mir wegnehmen wird.“

„Wie bitte?“ Jetzt war es an Raven erstaunt zu schauen.

„Erzähl mir nicht, dass du das nicht weißt. Und dass du sie liebst, ist mir auch klar.“

„Ich …“, begann er.

„Nein, sag nichts. Es wäre zu schön gewesen, wenn du bei mir geblieben wärst. Es wäre mir auch was mit einer Gewichtsreduzierung eingefallen. Vielleicht eine Magenverkleinerung. Ich wollte mich beraten lassen. Nur für dich." Sie seufzte und schien zum ersten Mal, seit er sie kannte, ihre Überheblichkeit abgelegt zu haben. Traurig sah sie ihn an.

„Amanda ..", begann er wieder.

„Nein nein, geh zu ihr und werde glücklich. Hilf ihr, wenn du meinst, das tun zu müssen." Sie zog den Verlobungsring vom Finger und legte ihn auf den Tisch. „Gute Reise, Raven. Ich werde es überleben."

Ohne ein weiteres Wort verließ sie den Raum. Raven blieb ganz verdattert zurück. War es so einfach, frei zu kommen?

‚Ich werde ihr auf jeden Fall die Kosten für die Rechtsanwältin erstatten', schwor er sich. ‚Das ist meine Pflicht.'

Langsam verließ er Amandas Haus. Auf halben Wege zur seiner Wohnung wandte er sich dem Pastorat zu. Er musste dringend mit Ulf über die veränderte Lage sprechen, schwor sich aber, niemanden von dem Handel mit Amanda zu erzählen. Auch das war er ihr schuldig. Außerdem wollte er Urlaub einreichen.

Langsam begann ein Funken Vorfreude in seinem Herzen zu sprießen.

Er würde Myrie wiedersehen!

Mutter und Tochter

Das smaragdgrüne Sommerkleid passte perfekt zu Myries Augen und ihrer Haarfarbe. Stolz drehte sie sich vor dem Spiegel. Sie hatte der Reihe nach noch einmal alle Kleidungsstücke und Schuhe anprobiert.

Dorothee hatte sie beim Kauf beraten und es sich nicht nehmen lassen, alles zu bezahlen.

‚Ach, was für eine herzensgute Frau‘, dachte Myrie. ‚Kein Wunder, dass ihr Sohn dem Glauben so zugetan ist.‘

Sie fühlte sich, als hätte man sie in ein schönes Märchen katapultiert und sie war darin die Prinzessin.

Draußen knirschte der Kies auf der Einfahrt. Ein Wagen fuhr heran.

Augenblicklich begannen Myries Knie an zu schlottern.

Sie waren da! Veronica mit der fremden Frau, die ihre Mutter sein sollte.

‚Was für eine utopische Sache. Ich hatte nie eine Mutter. Und nun soll sie plötzlich existieren?‘

Es klopfte.

„Myrie!“, ertönte Dorothees Stimme. „Kommst du?“

Am liebsten hätte sie sich versteckt, aber die Vernunft siegte. ‚Du bist erwachsen, benimmt dich auch so. Einen Blick kannst du doch riskieren und vielleicht ein paar Worte wechseln.'

Sie straffte sich, atmete tief durch und ging hinaus, wo Dorothee einen Arm um sie legte.

„Keine Bange", flüsterte sie. „Ich bin bei dir." Dankbar drückte sie deren Hand.

Als sie den Salon betraten, blieb Myrie fast die Luft weg. Die Frau neben Veronica sah ihr selbst tatsächlich unglaublich ähnlich. Ihre Zweifel schwanden in dem Moment, als sie in die grünen bittenden Augen sah, welche die eigene Ungläubigkeit wiederspiegelten.

„Myrie", die Frau streckte ihr beide Hände entgegen und kam auf sie zu. „Welch ein Wunder …!"

Dann flossen die Tränen, Tränen der Erleichterung, Tränen, die all das erlittene Unrecht wiederspiegelten, von dem Myrie erst später erfahren sollte.

Ihre Hände berührten sich und Myrie hatte das Gefühl, sie schon immer berührt zu haben.

„Ich bin Sophie, deine Mutter", flüsterte ihr Gegenüber.

„Ja, ich weiß", erwiderte Myrie wie selbstverständlich.

Dorothee und Veronica beobachteten die Szene gerührt und lächelten sich verschwörerisch zu. Dann schlichen sie sich aus dem Zimmer.

„Das hat ja super geklappt, meine Beste", grinste Dorothee. „Wie wäre es mit einem kleinen Likörchen zur Belohnung?"
„Gute Idee!", erwiderte ihre Freundin, ging zur Vitrine und holte einen Sahnelikör und zwei Gläser. „Auf die Zwei!"
„Und darauf, dass alles andere auch klappt, was wir uns vorgenommen haben. Prost!" Lachend hob Dorothee ihr Glas und genoss den süßen Inhalt. „Ich finde, Raven sollte uns bei der Suche nach dem verlorenen Vater ein wenig helfen. Meinst du nicht auch?"
„Ja, es wäre nützlich, einen gestandenen Geistlichen dabei zu haben, auch wenn er protestantisch ist und nicht katholisch", stimmte ihr Veronica verschmitzt zu.

Im Nebenzimmer erzählte Sophie ihrer wiedergefundenen Tochter währenddessen die Geschichten ihrer Vergangenheit.
Georg brachte ihnen Gebäck und Getränke, die sie aber kaum anrührten. So sehr waren sie miteinander beschäftigt.
Der fünfzigjährige Butler war entzückt von den beiden Frauen. Von Sophie hatte er ein reizendes Lächeln erhalten. Nur mit Mühe und Disziplin konnte er sich losreißen, um seinen Dienst weiter zu verrichten.
Nach zwei Stunden zeigte Sophie ihrer Tochter die Briefe von David.

In diesem Augenblick betraten Dorothee und Veronica wieder das Zimmer.

Mutter und Tochter blickten auf. Sie hatten sich auf dem Sofa niedergelassen und Myrie strich immer wieder über das in die Jahre gekommene Briefpapier.

„Ob er noch lebt? Und wo vor allem?"

„Das könnten wir versuchen herauszubekommen, natürlich nur, wenn du es möchtest, Sophie", schlug Veronica vor.

Zweifelnd kaute Sophie auf ihrer Unterlippe.

„Ich weiß nicht, ob das gut ist. Vielleicht ist er inzwischen verheiratet, hat Kinder und will gar nichts mehr mit mir zu tun haben. Es war damals ja nur ein einziger Abend, den wir hatten. Wir konnten uns ja gar nicht richtig kennenlernen."

„Und doch hat er immer wieder Briefe geschrieben, wollte dich zu sich holen", warf Dorothee ein.

„Hm, aber wo können wir anfangen zu suchen? Ich habe nur die Anschrift seiner Eltern."

„Bei denen er vermutlich damals gelebt hat", ergänzte Dorothee. „Du solltest sie anschreiben. Oder vielleicht finden wir eine Telefonnummer heraus, um dort anzurufen."

„Lasst das man meine Sorge sein", lächelte Veronica. „Ich bin Journalistin. Ich kriege das raus."

„Oh mein Gott", flüsterte Sophie. „Das ist alles so viel auf einmal."

Myrie legte einen Arm um sie.

„Du bist nicht mehr alleine, Mutter. Jetzt hast du Freunde und mich. Dorothee und Veronica sind sowas von famos. Ich kann es gar nicht glauben."

Es lag ein Strahlen auf ihrem Gesicht, als sie ihre mütterlichen Freundinnen ansah, das Sophie an ihre kurze Zeit erinnerte, als sie mit ihrer Freundin Melly abends unterwegs gewesen war.

Wahrscheinlich hatte sich David damals deswegen auch in sie verliebt.

Plötzlich erschien ihr alles so einfach. Sie hatte ihr Kind wieder. Alles würde gut werden.

Georg erschien in diesem Moment und bat sie zum Dinner. Er trug wiederum einen dunklen Anzug mit einer Fliege und ein strahlend weißes Hemd. Er sandte Sophie einen warmen Blick zu, den sie aus vollem Herzen erwiderte.

Georg war ein stattlicher Kerl mit dunklen braunen Augen. Sein Haar wies an manchen Ecken bereits weiße Strähnen auf, aber das machte ihn noch seriöser.

‚Wie alt mag er sein‘, fragte sich Sophie. Auf jeden Fall fand sie ihn überaus sympathisch.

Irgendwann am Abend gingen die Frauen ziemlich übermüdet auseinander.

Sophies und Myries Zimmer lagen nebeneinander. So hatten sie es nicht weit, wenn sie sich sehen wollten.

Veronica hatte eigene Kleidung für Sophie aussortiert und ihr übergeben. Morgen würden sie das einkaufen, was sie sonst noch benötigte. Danach wollte sie ihrem Gast einen Vorschlag unterbreiten.

Myrie konnte trotz der späten Stunde erst einmal nicht einschlafen. Sie war total aufgewühlt. Sie dachte an Raven.

Was mochte er gerade tun? Die Zeitverschiebung betrug etwa neuneinhalb Stunden. Wusste er von den Aktivitäten seiner Mutter? Wusste er, dass sie Myrie in der Absicht nach Adelaide mitgenommen hatte, um sie mit ihrer Mutter zusammenzuführen?

Was würde er denken, wenn er davon erfuhr? Am liebsten hätte sie in Hejdekov angerufen. Aber nein, sie musste mit diesem Teil ihrer Vergangenheit abschließen, sie tief im Inneren einschließen und nie mehr hervorkommen lassen. Fast war ihr, als ob sie das After Shave des Vikars roch. Sie schüttelte sich, um die Empfindungen loszuwerden.

Es tat immer noch weh, aber damit würde sie klar kommen müssen. Sie kuschelte sich in ihre Decke und schlief endlich ein.

Lemmlinger in Not

In der Gemeinderatssitzung in Lemmling ging es turbulent zu. Nachdem der Bürgermeister versucht hatte, die gesamten Mitglieder mit fadenscheinigen Begründungen zu besänftigen, wurde es noch schlimmer.

Schweiß ran ihm über die Stirn, als eine der Anwesenden seinen Rücktritt forderte. „Mit Ihnen gewinnen wir die Wahl nächste Woche nicht", keifte eine Frau seiner Partei. „Sie haben uns inzwischen so viele Lügen aufgetischt wegen des Feuerlegers, dass man fast vermuten könnte, Sie hätten die Brände selbst gelegt."

Empört stieß er die Luft aus.

„Was fällt Ihnen ein! Wir müssen am gleichen Strang ziehen, wenn wir gewinnen wollen. Ich bin der Bürgermeister und der aussichtsreichste Kandidat für die Wahl!"

Einer seiner treuesten Mitstreiter bisher, Ole Dagenbek, erhob sich und fuchtelte besänftigend mit den Händen.

„Leute, es nützt nichts, wenn wir uns gegenseitig zerfleischen. Bleiben wir doch sachlich!"

Der Kandidat für den Bürgermeisterposten von der Opposition, Leonard Baler, stand ebenfalls auf.

„Da haben Sie Recht, Dagenbek. Es wird Zeit, dass die Sache geklärt wird und zwar noch vor der Wahl, damit jeder weiß, woran er ist. Alle haben ein Recht darauf, die Wahrheit zu erfahren."

In diesem Augenblick wurde die Tür zum Saal ziemlich heftig aufgestoßen.

Vier Polizisten tauchten in Begleitung von Kommissar Winter von der Bokhamer Kriminalabteilung auf. Dieser ging auf Bergner zu.

„Herr Franz Bergner?"

„Ja bitte?" Dem Bürgermeister begannen die Knie zu schlottern.

„Würden Sie bitte mitkommen. Es liegt eine Anzeige gegen Sie vor!"

„Was, wieso, wer …?"

Ein Raunen ging durch den Raum.

„Kommen Sie bitte mit!" Der Kommissar nickte seiner Begleitung zu. Der Beamte zog die Handschellen aus seiner Tasche.

Dem Bürgermeister wurde flau im Magen.

„Das wird nicht nötig sein", presste er heraus. „Ich komme schon."

„Es wird sich alles aufklären", versuchte er mit einem Blick auf die Abgeordneten zu erklären. „Alles ein Irrtum!"

So schnell es ging, huschte er mit samt der Polizei aus dem Raum.

„Was war das denn?", fragte einer der Männer am Tisch.

„Ich glaube fast, unser lupenreiner Bürgermeister wurde gerade verhaftet", grinste die Frau der Opposition, die sich vorhin so ereifert hatte, hämisch.

Plötzlich ging die Tür ein zweites Mal auf. Die Sekretärin aus dem Büro des Bürgermeisters erschien mit einem großen Umschlag in der Hand.

„Entschuldigen Sie die Störung. Diesen Umschlag habe ich gerade in der Tagespost gefunden. Darauf steht, er soll noch heute in der Sitzung vorgelesen werden."

„Was steht denn drin?", fragte Dagenbek sofort. Sie schaute ihn empört an.

„Ich öffne doch keine vertrauliche Post!" Sprach´s und rauschte davon.

Der Briefumschlag lag nun auf dem großen Tisch. Leonard Baler saß dem an nächsten und zog ihn zu sich herüber.

„Mit Ihrem Einverständnis öffne ich ihn dann mal und lese ihn vor."

Die anderen nickten. Baler hob die Augenbrauen und räusperte sich.

„*Werte Gemeindegesellschaft*", begann er vorzulesen. „*Dies ist eine Kopie des Briefes, den ich an die Polizei gesandt habe.*" Baler faltete ein weiteres Stück Papier auseinander. „Hier steht: *Sie haben sich ja bestimmt über die vielen Brände gewundert, die in Ihrem verabscheuungswürdigen Ort gelegt wurden. Das war ich.*

Es begann aber damit, dass euer Bürgermeister meinte, der Liebhaber seines Bruders müsse verschwinden, weil der schlecht für sein Image sei. Er hat mir eine große Summe versprochen, wenn ich das

für ihn erledige. Dummerweise befand sich aber auch sein Bruder mit in dem Haus, das ich angezündet habe, um den Schwulen zu entfernen. Das wusste ich gar nicht. Den hat es natürlich auch erwischt. Aber dafür konnte ich ja nichts. Das wollte euer Chef aber nicht einsehen und hat sich geweigert, mich zu bezahlen. Das hat mich ziemlich wütend gemacht. Und dann hat er auch noch dem harmlosen Landstreichermädchen die Schuld in die Schuhe geschoben. Ich hab durchs Fenster gesehen, wie gemein eure Polizisten mit der umgesprungen sind. Also habe ich ein weiteres Feuerchen gelegt, damit die zur Besinnung kommen. Das hat vielleicht geflackert. Ich hab aber darauf geachtet, dass diesmal kein Mensch zu Schaden kommt. Ich habe mein Geld immer noch nicht. Wenn ihr also Ruhe haben wollt, in diesem Moment ist euer Bürgermeister gewiss schon im Gewahrsam der Ortspolizei von Bokham, legt heute Abend um 22 Uhr hunderttausend Euro in diesem Umschlag in die kleine Marienkapelle auf dem Friedhof der Hejdekover Kirche. Danach werdet ihr nichts mehr von mir hören. Wenn nicht, dann wird es weiter brennen. Ach ja, keine Polizei!"
„Oh, du meine Güte", hauchte eine Frau. „Haben wir so viel Geld zur Verfügung?"

„Du willst dem doch wohl nichts bezahlen?", ereiferte sich Dagenbek.

„Also erst einmal", begann Leonard Baler, „sollten wir überlegen, wie wir ihn fassen können. Zum Schein gehen wir auf seine Forderung ein. Die Bank in Bokham wird uns die Summe vorstrecken. Dafür sorge ich. Ich habe einen guten Draht zum Direktor der Bank. Wir sind mehrere Männer. Und wenn wir einen guten Plan aushecken, können wir den Kerl vielleicht auch ohne Polizei schnappen."

„Und wenn er bewaffnet ist?", warf jemand ein.

„Zwei von euch sind Förster. Ihr könnt mit Waffen umgehen. Das wird unsere Sicherheit. Was meint ihr?"

Acht der zehn Männer im Saal nickten.

„Es wird Zeit, dass wir uns auf das Wohl unseres Ortes konzentrieren", meinte auch Dagenbek. „Wie ist der Plan?"

Ziemlich schnell entwickelten sie eine Idee, um den Feuerleger zu erwischen.

Baler fuhr anschließend nach Bokham und erhielt die Summe mit dem Versprechen, sie ja wieder zurückzubringen.

„Na dann", brummte er, als er wieder ins Auto stieg. „Hoffen wir, dass alles glatt geht."

Die Villa gegenüber des Friedhofes besaß drei Stockwerke. In jeder Etage gab es vier Mietwohnungen.

Damon Rachel hockte am Fenster, verborgen hinter einer Jalousie und beobachtete den Bereich um die kleine Marienkapelle. Schwach erkannte er das flackernde Licht der Gebetskerzen in der Dunkelheit, die regelmäßig von Gläubigen angezündet wurden.

Er rieb sich über die Augen. Heute musste es klappen. Er brauchte das Geld dringend. Sollten die Lemmlinger doch zu Teufel gehen. Er hatte diesen Ort dermaßen satt. Diese Intrigen und Geldsucht einiger Einwohner. Mit Füßen hatten sie ihn getreten, als er um Hilfe gebeten hatte.

Weggesehen hatten sie, als seine Frau starb und er mit den Kindern alleine durchkommen musste. Seine beiden Sprösslinge waren inzwischen bei den Großeltern in Frankfurt untergebracht. Er hatte die Wohnung in Lemmling aufgelöst und sich für ein paar Monate in Hejdekov möbliert eingemietet, bevor er nachreisen würde.

Außer dem intriganten Bürgermeister wusste niemand, dass er für die Brände verantwortlich war. Er war bisher ein ganz normaler Bürger gewesen, hatte sich nie etwas zu Schulden lassen kommen, hatte unscheinbar, ohne Freunde, in Lemmling gelebt. Für den Bürgermeister war er ein

Niemand. Der kannte nicht einmal seinen Namen. Der Rest der Gemeinde würde nicht einmal merken, wenn er weg war.

In seiner Verzweiflung hatte Damon vor einigen Monaten direkt bei Franz Bergner um Geld gebettelt. Unwirsch wollte dieser ihn sofort aus dem Raum weisen. Doch er rief ihn zurück und beauftragte ihn mit der brisanten Aufgabe, den Freund seines Bruders zu beseitigen. Dafür wollte er ihm einhunderttausend Euro zahlen.

Damon hatte in seiner Not zugestimmt und bereute dies heute zutiefst. Zwei Menschen waren gestorben und er hatte sein Geld trotzdem nicht bekommen.

An diesem kühlen Winterabend würde er einen Schlussstrich ziehen. Ganz fest vertraute er darauf, dass die Lemmlinger endlich ihre Ruhe vor den Feuern haben wollten und zahlten.

In diesem Moment bemerkte er eine Person, die durch den Hintereingang des Friedhofs geradewegs auf die Kapelle zusteuerte. Sie trug eine kleine Tasche bei sich. Damon richtete sich auf und hielt die Luft an.

Der Mann sah sich nach allen Seiten um, bevor er im Marienhäuschen verschwand. Sein Blick wanderte auch über die Fassade der Villa, so dass Damon schnell zurückfuhr. Ein paar Sekunden später verließ der Mann, den er jetzt als Leonard Baler

erkannte, den Friedhof und ging langsam die Straße entlang. Seine Körperhaltung verriet Angespanntheit. Eine flüchtige Bewegung des Kopfes in Richtung beleuchteter Kirche. Für den Bruchteil einer Sekunde bemerkte Damon dort an der Ostseite des Gebäudes zwei Schatten.
Hämisch grinste er in sich hinein.
‚Aha, sie stellen mir eine Falle!‘
Na gut, er würde sich gedulden müssen, weiter beobachten.
Fieberhaft überlegte er, wie er dennoch an das Geld kommen könnte.
In der Wohnung unter ihm hörte er das Kläffen des Dackels einer Seniorin. Zeit fürs Gassi gehen. Sie sei inzwischen über achtzig Jahre alt, hatte sie ihm neulich erst erzählt und müsse jetzt ja immer mit dem Gehwagen durch den Schnee. Er grinste. Seine Chance.
Hurtig erhob er sich, zog seine Stiefel an, warf seine Winterjacke über, schnappte sich Handschuhe und Mütze und verließ seine Wohnung. Zwei Minuten später klingelte er bei der alten Dame, der er schon einige Male im Haus über den Weg gelaufen war.
„Guten Abend!“, begrüßte er sie freundlich. „Ich habe mir gedacht, das Wetter ist ja sehr unangenehm. Vielleicht kann ich Ihren Hund für Sie ausführen. Dann brauchen Sie nicht raus bei der Kälte und

ich wollte mir sowieso noch Zigaretten besorgen."

„Oh, was für eine nette Geste, Herr Rachel", strahlte sie. „Mir tun die Knochen heute ohnehin schon weh. Das wäre daher sehr freundlich von Ihnen."

„Das mache ich doch gerne", zwinkerte er ihr zu. „Ich kann mir vorstellen, dass das Treppensteigen auch ziemlich anstrengend für Sie wird."

„Ja, das stimmt, ich muss Waldi ja auch immer in einem Korb hochtragen. Aber man bleibt fit. Trotzdem, heute ist es mir mehr als recht, nicht los zu müssen. Ich hole schnell die Leine."

Zufrieden machte er sich mit dem Hund auf den Weg zum Zigarettenautomaten in der nächsten Straße. Und siehe an, dort standen zwei Herren aus Lemmling an der Straßenecke. Er kannte sie von den Gerichtsverhandlungen, an denen er ja inkognito auch teilgenommen hatte.

Einer der Beiden zog eben sein Handy aus der Tasche und fragte:

„Ist schon was passiert?"

Damon nickte den Männern kurz zu und wechselte mit ruhigem Schritt die Straßenseite. Jetzt wusste er endgültig Bescheid.

Auf dem Rückweg nahm er mit Absicht den Weg über den Friedhof. Er ließ Waldi in Ruhe mal hier und da schnüffeln und ging wie selbstverständlich Richtung Kapelle.

Dann machte er den Hund los. Der preschte erst einmal davon. Das hatte Damon auch gehofft.

„He Waldi, komm sofort zurück!", rief er laut. „Waldi, bei Fuß! Kommst du mal sofort her!" Er umrundete ein paar Mal das Marienhäuschen, als der Hund freudig kläffen auf ihn zulief. Damon tat so, als rutsche er aus, schnappte sich den Hund und trug ihn in den Schutz der Kapelle. Da lag der Umschlag neben den Kerzen.

‚Jetzt nur noch Glück haben!', dachte er. Ein Griff zum Geld, einen zum Hund und schon war er wieder aus der Kapelle.

„So, jetzt kommst du aber an die Leine!", schimpfte er laut mit dem Dackel, der ihn treuherzig ansah. Am liebsten wäre er jetzt zum Hinterausgang des Friedhofs gelaufen, besann sich aber seiner Tarnung und stapfte durch das inzwischen begonnene Schneetreiben zurück Richtung Kirche.

Als er endlich im Innern der Villa war, pustete er heftig den Atem aus, den er zuletzt fast angehalten hatte. Unter dem Verwand, nun aber in eine Wanne mit heißem Wasser steigen zu müssen, lehnte er das nette Angebot der alten Dame ab, doch auf einen Tee herein zu kommen.

Oben in seiner Wohnung, blätterte er kurz die Scheine im Umschlag durch. Sie waren tatsächlich echt. Geschafft!

Aber er musste unbedingt weg. Wer wusste schon, wie lange Baler und seine Leute brauchen würden, bis sie merkten, dass er sie ausgetrickst hatte.

Seine Taschen waren bereits gepackt. Durch den Kellerausgang, der in einem Hinterhof mündete, verließ er zehn Minuten später das Haus zur anderen Seite, wo in einer Stichstraße sein altes Auto stand. Erst später, als er das Ortsschild von Hejdekov hinter sich gelassen hatte und das der Autobahn erblickte, atmete er ruhiger. Er gestattete sich ein hoffnungsvolles Lachen. Endlich konnte er seine Kinder wiedersehen.

Leonard Baler rief die beiden Förster mit ihren Flinten ein zweites Mal an.

„Ist der Kerl immer noch nicht da gewesen?"

„Nein, nur so ein Hundebesitzer, dessen Dackel abgehauen ist, hat sich hierher verlaufen. Der ist aber wieder weg. Vielleicht ist der Erpresser deshalb noch nicht aufgetaucht."

„Na gut, es ist jetzt eine Stunde her seit dem vorgegebenen Termin. Wenn in der nächsten halben Stunde nichts passiert, brechen wir ab und holen uns das Geld wieder, verstanden!"

„Ja, alles klar. Aber uns frieren jetzt schon die Füße ab, Leo. Und das Schneetreiben wird auch immer schlimmer."

„Ja, ich weiß. Uns geht es nicht anders. Na gut, hol das Geld und wir müssen uns was anderes einfallen lassen, wenn er sich wieder meldet."

„Ok, wird gemacht."

Baler seufzte. „So ein Reinfall. Vielleicht hat er uns gesehen und ist wieder abgehauen."

Der Oppositionsführer wusste gar nicht wie recht er hatte. Aber erst, als die beiden bewaffneten Förster ihn erneut anriefen, schwante ihm, dass sie als kriminalistische Laien alle auf einen Trick hereingefallen waren.

‚Der Hundebesitzer!' erkannte er richtig.

‚Wie kann das nur sein? Ist uns alten Deppen wirklich öffentlich ein Theaterstück serviert worden?'

Eines war jedenfalls klar, das Geld war weg und keiner konnte den Hundebesitzer irgendwie beschreiben. Sie waren viel zu sehr damit beschäftigt gewesen, auf eine geheimnisvolle Person zu warten.

‚Was für eine Pleite!', dachte Leonard Baler. ‚Und wie erkläre ich das bloß dem Bankdirektor?"

Raven in Adelaide

„Na, Mutter, was gibt es denn so Wichtiges, dass ich mich auf die weite Reise nach Australien machen sollte?"

Raven gab Dorothee einen Kuss auf die Wange, während er sie herzlich umarmte.

Ihm war natürlich inzwischen klar geworden, dass sie ihn nur aus Hejdekov weggelockt hatte, um ihn von Amanda zu befreien.

Dass er den Befreiungsschlag selbst erledigt hatte, wusste sie noch nicht. Auch er durfte schließlich seine Geheimnisse haben. Das würde er ihr später erzählen.

Er schmunzelte, als er im Auto neben ihr Platz nahm. Dorothee hatte sich extra den Wagen von Veronica geborgt, um ihn persönlich vom Adelaide Airport abzuholen. Jetzt tätschelte sie seine Wange ehe sie den Schlüssel ins Schloss steckte und machte ein so harmloses Gesicht, dass er beinahe losprustete.

„Ach weißt du, lass uns das später in Ruhe besprechen. Genieß doch erstmal diese wunderschöne Stadt."

In der Tat strahlte Adelaide einen zauberhaft herbstlichen Charme aus. Das Laub der unzähligen Bäume verfärbte sich gerade in tausende rot-gelb-orange-Töne. ‚Sehr viel intensiver als bei uns zu Hause', fand er.

Sie brauchten mehr als eine dreiviertel Stunde bis Cambelltown, wo die Vila von Veronica stand. Es herrschte Rush Hour und der Verkehr ging nur schleppend.

„Puh!", meinte Dorothee, als sie endlich in die Einfahrt des Grundstücks einbogen. „Ich bin völlig fertig! Das mache ich nicht so schnell wieder."

„Das kann ich mir vorstellen. Ich hätte mir aber auch eine Taxe nehmen können."

„Nein, nein, alles in Ordnung. Jetzt könnte ich einen Kaffee gebrauchen. Vielleicht hat Georg schon was vorbereitet. Er ist immer so fürsorglich."

„Wer ist denn Georg?" Raven runzelte verwirrt die Stirn.

„Ach, das ist die gute Seele des Hauses. Er ist der Butler oder wie man das hier so nennt. Er ist die Ruhe in Person und kümmert sich um alles. Aber ich glaube, er hat sich ein wenig in Sophie verguckt", sie gluckste vor sich hin. „Jedes Mal, wenn er sie bedient, errötet er etwas."

„Ach Mutter, du siehst aber auch überall Romanzen. Du solltest mal Liebesromane schreiben", schlug er ihr lächelnd vor.

Seine Mutter war einfach ein Original!

„Wer weiß, vielleicht tue ich das auch", griente sie zurück. „Mit dir, dem Vikar, als Hauptperson."

„Oh nein, das lass mal schön bleiben!"

Kaum, dass sie die Stufen des Eingangs berührt hatten, wurde auch schon die Tür aufgerissen. Veronica erschien mit einem herzlichen Lachen und breitete ihre Arme aus.

„Raven, wie schön, dass du da bist. Wie lange haben wir uns nicht gesehen? Zehn Jahre? Oder ist es länger her?"

„Hallo Veronica", begrüßte er sie genauso herzlich. Gerührt schlossen sie sich in die Arme. „Ich glaube, ich war zwanzig, als du uns das letzte Mal in Deutschland besucht hast. Das muss schon zwölf Jahre her sein."

„Und nun ist aus dir nach deinem Theologiestudium ein gestandener Mann geworden, ein Vikar, ein Mann Gottes, sagt deine Mutter. Ich freue mich für dich! Aber kommt doch herein. War bestimmt an- strengend die Fahrt, was Dorothee."

„Das kannst du laut sagen, meine Liebe", seufzte Ravens Mutter und schlüpfte aus ihrer Jacke. Sie folgten Veronica in den Salon, wo Georg in der Tat bereits für Kaffee und süßes Gebäck gesorgt hatte.

Nachdem sie kräftig zugelangt hatten und erfrischt waren, kam Raven trotz seiner plötzlich auftretenden Müdigkeit zum Punkt.

„So, meine Damen", begann er energisch. „Was ist los? Weshalb habt ihr mich herbestellt? Was habt ihr Beiden wieder ausgeheckt?"

Durch seine Offenheit überrumpelt, wanden die Zwei sich etwas beschämt und suchten nach einer überzeugenden Formulierung ihres Vorhabens.

„Na ja", begann Veronica langsam. „Du weißt ja inzwischen, dass wir Myries Mutter ausfindig gemacht haben. Sie wohnt im Moment auch bei mir. Ich kann sie unmöglich zu ihrer Familie zurückschicken. Hat Dorothee dir die Geschichte der armen Frau erzählt?"

„In grobem Zügen", bestätigte Dorothee statt Raven ihre Frage. Er nickte nur.

„Nun, dann weißt du auch, dass wir versuchen wollen, diesen Iren David McCollam ausfindig zu machen. Ich habe schon an die Adresse auf den Briefen geschrieben, aber eine Antwort könnte dauern. Bis die Post dort ist, dauert es. Und wer weiß, vielleicht wohnen die Eltern gar nicht mehr dort."

„Das könnte durchaus sein nach zwanzig Jahren", meinte auch Raven. „Aber was kann ich dabei machen?"

„Raven, ich bin zwar Journalistin, aber vom alten Schlag. Mich machen solche Recherchen fuchsig. Vielleicht kannst du als Kirchenvertreter über die Kirche versuchen, herauszubekommen, wo der Mann abgeblieben ist und ob er vielleicht geheiratet hat."

Ihr Blick hätte Schokolade geschmolzen. Raven verkniff sich ein Grinsen.

‚Diese Frauen! Unmöglich! Das alles hätte ich auch von Hejdekov erledigen können.‘

„Na gut, ich kann es versuchen." Er nahm sich noch ein Stückchen von dem leckeren Biskuit auf dem Silberteller. Wenn er schon hier war, wollte er es sich auch gut gehen lassen. „Ich habe meinen Laptop mitgebracht. Ich werde mich nachher gleich an die Arbeit machen."

„Ach, du mein Lieber", stoppte Dorothee ihn. „Komm mal erst richtig an. So viel Zeit muss sein. Du siehst müde aus. Willst du dich nicht etwas ausruhen. Auch dir wird der Jetlag zu schaffen machen."

Tatsächlich hätte er im Stehen einschlafen können. So nahm er das Angebot dankend an, ließ sich von Georg, dem wirklich sehr höflichen Butler, sein Zimmer zeigen und war kurze Zeit später bereits in einen traumlosen Schlummer gefallen.

Mehrere Stunden später, es war bereits Nacht, erwachte er wieder. Es war dunkel im Raum. Mühsam tastete er nach dem Nachtschrank, auf dem er bei seiner Ankunft eine kleine Lampe gesehen hatte. Da war ja der Knopf. Der Lichtschein stach in seine Augen, so dass er blinzeln musste.

Jetzt eine Dusche und dann musste er dringend einen Brief an Amanda schreiben, um ein für alle Mal das Kapitel ihrer Beziehung abschließen zu können.

Erfrischt setzte er sich nach dem Duschen an den kleinen Sekretär, kramte weißes Briefpapier und einen Stift aus seiner Reisetasche und begann zu schreiben.

Liebe Amanda,

nachdem wir uns nur so kurz gesprochen haben, möchte ich mich wenigstens bei dir noch für deine Hilfe bedanken.

Ich wollte dir Folgendes eigentlich persönlich gesagt haben, aber du hast so schnell das Zimmer verlassen, dass ich dazu keine Gelegenheit mehr hatte.

Daher jetzt ein paar Worte zu uns:

Weißt du, mir ist klar geworden, dass ich eine Ehe nicht auf der Basis einer Lüge führen könnte. Und es wäre eine Lüge, wenn ich behaupte, dass ich dich liebe. Dazu bin ich Gott zu nahe. Du hast es wahrscheinlich von Anfang an gewusst, dass ich dich nicht lieben kann. Vielleicht hast du gedacht, es wird sich mit der Zeit schon ändern. Aber das wird nie so sein. Es tut mir Leid, wenn ich dich verletzt habe.

Trotz allem bin ich dir sehr dankbar für deine Unterstützung in der Sache mit Myrie. Du hast einem fremden Menschen aus dem Unrecht geholfen. Das ehrt dich sehr! Das Geld werde ich dir, wenn du einverstanden bist, nach und nach zurück-zahlen. Teile mir bitte die komplette Summe und deine Kontonummer mit, damit ich weiß, was ich dir schulde und schon etwas überweisen kann.

Hier in Adelaide haben sich die Dinge überstürzt. Auf Initiative meiner Mutter und ihrer engagierten Freundin hat Myrie doch tatsächlich ihre Mutter wieder-gefunden. Deren Großeltern haben dieser damals das Baby weggenommen und in einem Flugzeug ausgesetzt. Was gibt es doch für böse Menschen.

Ich selbst werde noch ein wenig hierbleiben. Wir suchen nach dem Vater von Myrie, der ursprünglich aus Irland kam. Dank Internet wird es vielleicht gelingen, ihn ausfindig zu machen.

Dir wünsche ich, dass du dein Glück findest. Gott schütze dich!
Raven

Nachdem er die Zeilen mehrmals gelesen hatte, steckte er den Brief zufrieden in einen Briefumschlag und verschloss ihn. Er würde ihn morgen zur Post bringen.

Auf dem Tisch standen eine Schale mit Obst, zwei eingepackte Brötchen und eine Thermoskanne mit Tee. Hier wurde an-scheinend an alles gedacht. Er ließ es sich schmecken, bevor er gesättigt und müde wieder ins Bett zurück kroch.

Es war noch warm genug, um auf der Terrasse das gemeinsame Frühstück einzunehmen.

Myrie und Sophie halfen Georg, den Tisch zu decken, obwohl er sich zuerst gesträubt hatte, sie mithelfen zu lassen. Aber Sophie hatte ihn nur angesehen und gesagt, dass sie sonst kein Wort mehr mit ihm sprechen würde. Daraufhin hatte er nur genickt.

Myrie musste sich umdrehen, damit er ihr Grinsen nicht sah. Nun genoss sie die Natur. Von hier hatte man einen wunderschönen Ausblick auf ein Meer buntgefärbter Bäume. Sie säumten einen kleinen See, über dem einige Vögel ihre Runden zogen. Ein herrliches Idyll. Myrie hatte es bereits innerhalb der wenigen Tage, die sie hier war, lieben gelernt.

„Es ist wunderschön hier, nicht wahr?" Sie legte einen Arm um Sophies Schulter. „Vielleicht finden wir ja Arbeit in Adelaide. Dann könnten wir uns selbst versorgen."

„Ja, das wäre schön", lächelte ihre Mutter. Sie war so unendlich glücklich, dass Myrie sie ohne Probleme ins Herz geschlossen hatte, dass sie aus Rührung fast geheult hätte.

„Ich hole mal die Brötchen", meinte Myrie nach einer Weile. „Die anderen kommen bestimmt gleich zum Frühstücken."

Als sie sich der Terrassentür zuwandte, blieb sie wie festgewachsen stehen. Mit großen Augen starrte sie den Mann an, der dort stand.

„Raven!" Sie musste sich am Tisch festhalten, weil ihre Knie plötzlich zu zittern begannen.

„Hallo Myrie", ein zaghaftes Lächeln begleitete seine Worte.

„Wieso bist du … ich meine … wann … ?" Sophie trat neben sie.

„Sie sind also Raven, der Vikar!" Myrie hatte ihr natürlich ihr Herzensleid erzählt. Sophie ging auf ihn zu und gab ihm die Hand.

„Willkommen in Adelaide. Ich bin Myries Mutter und ich bedanke mich ganz herzlich bei Ihnen, dass sie ihr geholfen haben."

„Guten Tag, Sophie", begann er. „Das habe ich doch gern getan. Ich hatte aber auch viel Hilfe von unseren Gemeindemitgliedern. Also gebührt mir der Dank nicht alleine. Ich freue mich, dass Sie Ihre Tochter wiedergefunden haben."

„Ja, wir sind so glücklich, auch dank Ihrer Mutter und Veronica. Sie sind unglaublich, soviel Empathie, soviel Herzenswärme habe ich noch nie erfahren."

„Oh ja, die Beiden stecken voller Überraschungen. Mich haben sie herbeordert, damit ich bei der Suche nach Myries Vater helfen soll. Das weiß ich aber erst seit meiner Ankunft gestern."

Er warf Myrie einen Blick zu.

„Aber das mache ich gerne. Ulf Peters, unser Pastor, hat mir drei Wochen Urlaub genehmigt. Diese Zeit werden wir nutzen, nicht wahr, Myrie. Natürlich nur, wenn du das möchtest. Vermutlich haben dich die Damen des Hauses gar nicht gefragt, oder?"

„Eher nicht", flüsterte sie.

Sophie war bereits auf dem Weg zur Tür, die Raven bereitwillig frei machte.

„Ich hole jetzt die Brötchen aus der Küche."

Alleine gelassen kam etwas Verlegenheit zwischen den Beiden auf, die Raven damit zu überbrücken versuchte, dass er auf Myrie zuging und ihre Hände nahm.

„Schön, dass du dich hier wohlfühlst. Wir sollten nach dem Frühstück mal alleine miteinander sprechen. Lass uns dann einen Spaziergang machen. Ist das ok für dich?"

Sie hob den gesenkten Kopf und schaute ihm in die Augen. Behutsam löste sie ihre Hände aus seinen.

„Ja, wenn du willst. Ich weiß aber nicht, was es noch zu sagen gibt."

Im Hintergrund hörten sie Stimmen. Dorothee und Veronica würden gleich da sein.

„Bitte, hab Geduld", raunte er ihr zu.

Sie waren entlang des Sees geschlendert und bogen in den leuchtend bunten Wald mit seinem erfrischend erdigen Duft ein.

Myrie war immer noch angespannt. Sie konnte es kaum glauben, dass Raven in Adelaide war. Und noch weniger konnte sie seine Eröffnung beim Frühstück fassen, als er bekannt gab, dass er die Verlobung mit Amanda gelöst hatte. Dorothee hatte lachend gesagt, jetzt fiele ihr aber ein ganzer Berg Felsen vom Herzen und hatte einen langen Blick mit Veronica getauscht. Sophie hatte unter dem Tisch Myries Hand ganz fest gedrückt und gelächelt.

Nun spazierten sie also zu Zweit durch diesen traumhaften Wald und schwiegen. Schließlich stand plötzlich eine Bank am Wegesrand.

„Komm, wir pausieren mal", schlug Raven vor und setzte sich darauf. „Der Jetlag hat mich noch voll im Griff."

Sie tat es ihm nach und strich über ein oranges Blatt, das auf der Bank lag.

„Wie wunderschön der Herbst hier ist."

„Ja", erwiderte er. „Ich hab das früher schon geliebt, hier im Herbst herumzustreifen. Wir haben, als ich Kind war, Veronica von Zeit zu Zeit besucht, als mein Vater noch lebte."

Sie schaute ihn an und bemerkte einen schmerzhaften Zug auf seinem Gesicht.

Er spürte ihren Blick und lächelte sie an.

„Er starb hier in den Adelaide Hills bei einer Bergführung. Seine Gruppe wurde von einer Gesteinslawine überrascht."
„Oh wie schrecklich. Das tut mir sehr leid, Raven."
„Mach dir keine Gedanken, das ist schon fünfzehn Jahre her. Seitdem sind Mutter und Veronica aber noch innigere Freundinnen als früher. Wir haben fast zehn Jahre hier gelebt. Ursprünglich kommen wir aus Hamburg. Schließlich habe ich mein Theologiestudium gemacht und bin in Deutschland geblieben. Meine Mutter kam erst vor zwei Jahren nach und wohnt seitdem bei mir."
„Die Beiden sind ein herrliches Gespann. Ich wünschte, ich hätte auch eine solche Freundin."
Sein ernster Blick sprach Bände.
„Myrie, du hast Freunde in Hejdekov. Ich würde mich riesig freuen, wenn du zurückkommen würdest."
„Ach Raven, ich kann doch meine Mutter nicht schon wieder verlassen."
„Dann nimm sie mit. Wir suchen euch eine kleine Wohnung und Arbeit für euch Beide. Die Gemeinde braucht Hilfe bei den Senioren. Du könntest weiterhin in der Kirche Unterstützung leisten. Ulf kann sicher etwas tun, damit eure Arbeit bezahlt wird."

Sie zuckte nur mit den Achseln. Wie stellte er sich das vor? Die Erinnerungen würden sie wieder einholen und das wollte sie nicht. Aber sie schwieg. Sie würde das Jetzt genießen. In ihrem Leben waren laufend unvorhersehbare Dinge passiert. Wer wusste schon, was es das nächste Mal war.

Später bei Dinner eröffnete Veronica ihnen, dass sie bereits ein paar Recherchen zu dem Verbleib von David McCollam gestartet hatte. Bis zu seiner Reise nach Indien hatte sie die Spur verfolgen können. Dann war da nichts mehr, was zu gebrauchen war.

Am nächsten Tag sprach Raven mit einem Studienkollegen, der größtenteils in Groß-britannien und Irland studiert hatte.

Er hielt sich im Moment in Edinburgh auf und hatte tatsächlich die Möglichkeit in Dublin über seinen Professor an die Register zu kommen. Nach zwei Tagen stand fest, dass David McCollams Eltern noch in Dublin wohnten, genau unter der in den Briefen angegeben Adresse.

Sophie konnte ihr Glück kaum fassen. Weitere Tage verstrichen bis sie eine Telefonnummer herausfanden, über die man das Ehepaar erreichen konnte.

Ein Telefonat nach Dublin

Raven und Veronica waren sich einig, dass es besser wäre, wenn Raven mit diesen Leuten sprach und vorsichtig nach dem Sohn fragte, bevor man ihnen die ganze Geschichte erzählte.

An dem Abend, als Raven in Dublin endlich mit dem Telefonat durchkam, war es bereits 23 Uhr in Adelaide. Sie saßen alle im Salon zusammen. Sogar Georg hatte sich zu ihnen gesellt und ließ Sophie nicht aus den Augen.

Höflich stellte Raven sich als Geistlicher vor. Er erzählte dem Herrn am Telefon, dass er in Adelaide über einen Iren Namens David McCollam Nachforschungen anstelle, der vor zwanzig Jahren hier als Landvermesser tätig gewesen war.

Es gäbe jemanden, der gerne wieder Kontakt mit ihm aufnehmen würde. Ob es zuträfe, dass der Sohn des Hauses eventuell dieser David sei.

Zuerst war es still am anderen Ende der Leitung, so dass Raven schon befürchtete, dass die Verbindung zusammengebrochen war. Dann aber hörte er jemand hüsteln.

„Sie sind also Geistlicher?", entgegnete der Herr in Dublin.

„Ja, ich bin Vikar, aber bald mit dem Vikariat fertig", erklärte Raven geduldig.

„Herr Vikar, mein Sohn lebt schon lange nicht mehr. Er reiste, es müsste achtzehn Jahre her sein, zu einem Projekt nach Indien. Zwei Monate lang und dann hat ihn die Malaria erwischt. Er hat diese schreckliche Krankheit nicht überlebt."

„Oh, also an Malaria?", flüsterte Raven schockiert. Alle Anwesenden im Raum schauten ihn fragend an. „Das tut mir sehr leid, Mister McCollam. Hätte ich das gewusst, hätte ich Sie nicht belästigt und den Schmerz wieder erweckt."

 Sophie legte vor Schreck die Hand auf ihr Herz. Raven beschloss, das Gespräch über Lautsprecher zu legen.

„Ich bitte Sie, Herr Vikar", hörten sie den Iren sagen. „Es ist so lange her, auch wenn meine Frau und ich immer noch denken, er würde jeden Moment wieder durch die Tür kommen. Aber sagen Sie mir doch, wer Sie beauftragt hat, nach meinem Sohn zu fragen. Ich weiß noch, dass er damals schwer verliebt aus Adelaide zurückkam. Dieses Mädchen konnte er nie vergessen. Er hat so sehr gehofft, sie wiederzusehen."

„Ebendiese junge Frau hat mich gebeten Erkundigungen einzuholen."

„Sie hat ihm nie geschrieben", warf er ein.

„Das konnte sie nicht. Die Familie hatte sie eingesperrt."

„Und warum sucht sie jetzt erst nach ihm."

Raven suchte den Blick von Sophie, fragend und stumm. Sie nickte.

„Es ist so, die Freundin Ihres Sohn, Sophie Higgerty, wurde damals schwanger von ihm."

„Oh mein Gott!", stieß der Alte aus.

„Die Großeltern von Sophie haben das Kind damals weggegeben. Vor ein paar Wochen haben sich Sophie und ihre Tochter Myrie wiedergefunden. Und nun fragen sie sich natürlich, was aus Myries Vater geworden ist."

„Und es ist sicher, dass David der Vater ist?" In der Telefonleitung rauschte es jetzt heftig.

„Ja, ganz sicher!", bestätigte Raven. „Sie war damals erst achtzehn und wurde in einer streng religiösen Familie groß. Möchten Sie vielleicht mit ihr sprechen? Sie sitzt neben mir."

„Ja, das wäre vielleicht sinnvoll", brummte der alte McCollam. Raven stellte den Lautsprecher wieder aus und reichte Sophie den Hörer. Mit einem Wink scheuchte er die anderen aus dem Raum.

„Willst du hierbleiben?", fragte er Myrie. Sie schüttelte den Kopf. Das musste ihre Mutter erst einmal alleine regeln.

Sie selbst hatte so einiges zu verkraften. Ein toter Vater, Großeltern in Dublin, Großmutter in Hahndorf, Raven. Die Welt hatte sich unglaublich für sie gewandelt.

Wo die Vergangenheit schläft

Drei Wochen vergingen schneller als es sich alle vorgestellt hatten. Raven musste wieder zurück.

Er hatte Myrie wiederum gefragt, ob sie ihn nach Hejdekov begleiten wolle. Doch sie konnte sich nicht von ihrer Mutter trennen.

Der Vater von David McCollam, also ihr Großvater, hatte sie spontan nach Dublin eingeladen. Innerhalb der nächsten Monate wollten sie gemeinsam den Flug dorthin unternehmen.

Sie überlegte auch, ob sie irgendwann mal ihre Großmutter in Hahndorf besuchen sollte.

War sie dort überhaupt willkommen? Georg hatte angeboten, Sophie und Myrie zu begleiten, falls sie sich dazu entschließen sollten. Dort hatte letztendlich ihre Vergangenheit in den letzten zwanzig Jahren geschlummert. Sie würden es sich überlegen, hatten sie entschieden.

Am Abend vor Ravens Abflug saßen sie alle bei einem Glas Wein auf der Terrasse.

Inzwischen war es schon kühler, so dass sie Decken über ihre Knie ausgebreitet hatten. Georg schenkte eben den Wein nach, als Sophie aufstand, seine Hand nahm und in die Runde blickte.

„Ihr Lieben, ich möchte euch sagen, dass Georg und ich, na ja, wir wollen heiraten!"

Ein verliebtes Lächeln flog über ihr Gesicht. Georg legte liebevoll seinen Arm um sie und nickte. Myrie sprang auf und umarmte ihrerseits die Beiden.

„Das ist ja herrlich. Oh, das freut mich ja so für euch!"

Veronica grinste Dorothee wissend an. Sie hatten schon eine Weile beobachtet, dass da etwas vor sich ging und fühlten sich nun bestätigt.

„Aber Georg, Sie bleiben mir doch weiterhin treu, oder?" Veronica lachte.

„Ja natürlich, gnädige Frau. Wir müssen nur sehen, wo Sophie und ich nachher wohnen."

„Na, hier natürlich!", erwiderte sie. „Ich brauchte nämlich eine Assistentin. Ich bin ja nicht mehr die Jüngste. Sophie, hast du Lust, mich zu unterstützen. Die Einliegerwohnung wäre frei für euch."

„Wirklich? Das ist ja genial", begeisterte sich Sophie.

Myrie sah von einem zum anderen. Plötzlich fühlte sie sich ausgeschlossen, so sehr sie sich auch über das Glück ihrer Mutter freute.

Raven saß in seinem Gartenstuhl und beobachtete sie. Er stand auf.

„Myrie", seine Stimme klang ruhig und leise. „Lass uns ein Stück gehen."

Die anderen waren damit beschäftigt Pläne zu schmieden, so dass ihr Ravens Vorschlag gerade recht kam. Sie nickte und erhob sich. Eine leichte Brise trug Abenddüfte zu ihr herüber.

Als sie unten am Wasser entlang gingen, rauschten die Baumkronen. Der See erzählte mit leisem Wellenschlag seine Geschichte.

Hier und da war das Gezwitscher schläfriger Vögel zu vernehmen. In der Ferne bellte ein Hund und es roch nach feuchtem Laub und würzigem Boden. Der Mond kroch soeben hinter einer Wolke hervor und warf sein Licht silbern auf den Wasserspiegel des Sees.

Behutsam nahm Raven ihre Hand und zog sie an sich. Ohne ein weiteres Wort küsste er sie zart auf den Mund. Sie fühlte seine Wärme durch den dicken Pullover, den er trug. Dies erinnerte sie sofort an den Nachmittag des Busunglücks, als sie benommen und gerettet an seiner Brust geruht und diese Geborgenheit verspürt hatte.

„Ich liebe dich immer noch, mein Engel“, flüsterte er. Seine Lippen streiften ihr Haar. „Bleib bei mir. Du kannst deine Mutter doch so oft du möchtest besuchen oder sie zu dir holen. Sie hat endlich ihr Glück gefunden. Aber auch du solltest versuchen dein eigenes Leben zu gestalten. Ich will dich immer glücklich machen. Willst du meine Frau werden?"

Myrie schluckte. Es war das, was sie sich gewünscht hatte. Ein Happyend mit Raven. Sollte es so einfach sein?

„Liebes, ich möchte dich nicht drängen. Du kannst darüber nachdenken, wenn ich weg bin. Ja? Und wenn du meinst, dass du mir wieder vertrauen kannst, würde ich mir wünschen, dass du zu mir kommst", bat er sie. Er nahm ihr Gesicht in seine Hände und küsste sie erneut.

Tapfer schluckte sie Tränen der Rührung hinunter.

„Ach Raven, ich möchte ja so sehr."

Er glitt mit seinen Fingern durch ihr dichtes Haar. Stirn an Stirn standen sie da. Am liebsten hätte er sie nicht mehr losgelassen.

„Ja, ich will", sagte sie in diesem Moment.

Erstaunt schaute er ihr in die schimmernden Augen.

„Heißt das … du … heiratest mich?"

Ihr Lächeln bezeugte, dass er sich nicht verhört hatte. Er hob sie hoch und wirbelte sie einmal herum.

„Oh, Myrie! Ich bin überglücklich!"

„Ich spreche morgen mit meiner Mutter und komme dann nach. Ich komme mit nach Hejdekov, versprochen!"

Raven hob sie in die Höhe, wirbelte sie herum und setzte sie wieder ab.

„Warum morgen? Komm, wir erzählen es gleich allen. Und Ulf wird uns in Hejdekov trauen. Der wird Augen machen!", lachte er fröhlich. „Und dann können alle, die wir mögen und lieben zu unserer Hochzeit kommen!"

Mit einem Schwung hob er sie erneut auf seine starken Arme und trug sie den Hügel zum Haus hinauf.

Dort verkündeten sie den anderen, dass Myrie Ravens Heiratsantrag angenommen hatte. Lachend wurde auch darauf angestoßen.

Dorothee und Veronica standen nebeneinander und klatschten sich grinsen ab, ohne dass der Rest es mitbekam.

„Unsere Pläne sind mehr als aufgegangen", flüsterte Dorothee ihrer Freundin zu. Dann hoben sie erneut die Gläser und prosteten allen zu.

***

Inhalt

Danksagungen

 Mein herzlichster Dank geht an meine liebe Tante Erika Kiek. Sie hat mir von Adelaide und Australien erzählt, wo sie vor über sechzig Jahren ihre ganz persönliche Geschichte erlebt hat. Unsere Gespräche haben viele Früchte getragen.

 Meiner lieben Schwester Bärbel Dussa danke ich sehr für die Korrekturen, Anregungen und ihrer Geduld bei unseren Gesprächen zum Text und Cover. Was bist du für ein Gewinn in meinem Leben!

 Adrian, mein lieber Sohn, du bist mir eine große Stütze gewesen bei dem Entwerfen meines selbstgemalten Covers und Fertigstellung des Buchblocks. Ich habe mal wieder Einiges dazugelernt.
Fühl dich umarmt und danke, danke, danke, dass du für mich da bist.
Du bist ein Engel in meinem Leben!

Und was wäre dieses Buch ohne die Unterstützung meines Mannes, meinen beiden Kindern mit ihren Partnern sowie meinen Geschwistern und Freunden, die mich allesamt immer wieder ermuntern weiterzuschreiben. Ich liebe euch!

Diese Geschichte ist außerdem frei erfunden. Jede Ähnlichkeit mit anderen Personen oder Orten wäre rein zufällig.

**Dieses Buch und alle Bücher
von Silke Wojtowitz**

sind unter

e-mail@siltowi.de
bei der Autorin zu erhalten

Cheriell

Auf der Suche nach einem neuen Heimatplaneten

Cheriell ist Kundschafterin eines außerirdischen Volkes, dessen Planet bald zerstört sein wird. Man hat sie zur Erde gesandt, um nach einem Ort zu suchen, an dem ihr Volk zukünftig siedeln könnte. Bei ihrem ersten Besuch auf der Erde landet sie am Strand der pulsierenden Stadt Los Angeles, wird Zeugin eines brutalen Mordes und macht eine schreckliche Entdeckung. Uralte Feinde ihres Volkes auf Chartoriak haben damit begonnen die Erde mit einer spezifischen Droge zu unterwandern. Sie versucht, die Erdenbürger zu warnen ohne selbst gejagt zu werden. Denn tagsüber erscheint Cheriell als weißer Adler und erhält nur mit dem letzten Sonnenstrahl ihre menschliche Gestalt.

Wird es ihr mit Hilfe ihrer neuen menschlichen Freunde, dem Polizisten Mark Terry und dem Regisseur Joel Damar gelingen, die fremden Eroberer zu verjagen und für ihr Volk eine neue Bleibe zu finden?

Die Zeit drängt, denn inzwischen droht ihr eigener Planet zu zerschmelzen.

ISBN 978-3-7526-7180-3   10,99 Euro bei BoD
268 Seiten Taschenbuch

‚Aufregend, berührend und spannend zugleich!‘

Die Chaosnadel

Auf dem Gelände Grotte di Catullo in Sirmione im Gardasee entdeckt die Studentin Sirina eine unterirdische Höhle. Dort hängt eine riesige Kristallnadel, die heftig an zu rotieren beginnt, als sie diese berührt.
Plötzlich erbebt die Erde, Vulkane brechen aus, heftige Orkane bedrohen die Länder.
Hat sie dieses Inferno ausgelöst?
Zeitgleich registrieren die deutschen Geophysiker Aric und Nigel im Institut für Physikalische Forschungen (IfpF) in Stuttgart ungewöhnliche magnetische seismologische Messdaten.
Ein Wettlauf mit der Zeit beginnt, mit dem Ziel, das totale Chaos auf der Erde zu verhindern.

ISBN 3-937791-18-3 19,80 Euro 354 Seiten, Hardcover **nur bei der Autorin zu erhalten** www.siltowi.de oder per e-mail@siltowi.de

Gefühlsströme

Kurzgeschichten in liebevoller, ja oft humorvoller Form, spiegeln bunte Seelenbilder wieder, weisen auf Ungerechtigkeiten in der Gesellschaft hin und nehmen atemberaubende oder unvermutete Wendungen.
Der Leser wird auf eine Reise in die Natur und der Gefühle geschickt, deren Faszinationen er sich nicht entziehen kann. Eine lyrische Untermalung, ebenfalls aus der Feder der Autorin, rundet das Werk auf bezaubernde Art und Weise ab.

ISBN 978-3-7322-3175-1 11,90 Euro BoD
184 Seiten Taschenbuch

Windeskind

Dieses Büchlein erzählt von Engeln und Wichteln, von pfiffigen Tieren, hurtigen Sausewinden, von verzauberten Prinzessinnen und fliegenden Pferden.

Kleine und große Wunder werden entdeckt. Man betritt ein Wolkenschloss, schaut einem Großvater und seinen Enkelkindern über die Schulter oder spielt eine der Geschichten mit Freunden nach. Erzählungen zum Nachdenken oder Träumen. So findet sich hier eine bunte Vielfalt von Märchen und Geschichten zum Vorlesen und Selbstlesen für und über Kinder, Eltern und Großeltern.

ISBN 9 783837 027693 10,99 Euro BoD

212 Seiten Taschenbuch

Sternenspringer

ISBN 3-86703-662-4 Taschenbuch 186 Seiten
ISBN 3-86703-663-2 Taschenbuch 182 Seiten
jeweils 12 Euro
zu bestellen nur bei der Autorin

Band 1: <u>Montreal 2050</u> Shana und ihre Kollegen geraten durch eine Zeit- und Raumverschiebung auf einen fremden Planeten, auf dem Falkenmenschen leben. Verzweifelt versuchen sie, zur Erde zurückzukommen, während sich Shana ungewollt in den Falkenprinzen verliebt.

Band 2: <u>Vier Jahre später</u> auf der Erde, wird Shana Assistentin des exzentrischen Regisseurs Daryl Miroyuki. Durch einen Freund gelangt dieser an ein Drehbuch mit dem Titel „Sternenspringer".

 Shana wird mit ihren Erinnerungen konfrontiert, als Miroyuki ihr überraschend die Hauptrolle anbietet, ohne dass der Regisseur ahnt, dass es ihre Geschichte ist und wie sehr er selbst dem Falkenprinz ähnelt.

„... utopisch und doch so nah bei der Wirklichkeit!
Man muss einfach dabeibleiben."